# 20歳のソウル

中井由梨子

幻冬舎文庫

# 20歳のソウル

## ２０１７年1月26日　朝日新聞投書欄『声』

「1年半の闘病生活の末に、20歳の息子が亡くなった。その1週間前に高校の吹奏楽部の恩師が見舞いに来て、ずっと手を握りながら話しかけてくださった。その後、先生は同級生を集め、息子のためにビデオレターを作ってくださった。友達が届けてくれ、病室に美しいメロディーが流れた。息子は目を閉じたまま拍手を送った。

亡くなったと恩師に連絡を入れると、『部のＯＢやＯＧを集めて、告別式に演奏をします』と言ってくださった。

同級生、先輩、後輩、その数１６０名以上。皆それぞれの生活や仕事の都合をつけて集まってくれた。ただ一人のために。一度のために。同じ気持ちで演奏し、合唱してくれた。魂が奏でる音楽の中、息子を送り出すことができた。

息子は高校時代、３６５日のうち３５５日は部活をしていた。もちろん先生も同じだ。同じＤＮＡを持った仲間だからできたことなのか。部活動を巡ってはさまざまな意見があるが、息子にとっては間違いなく部活をやっていて良かった。

この先生の下で本当に良かった」

浅野桂子

# 20歳（はたち）のソウル

# 登場人物

大義　浅野大義。『市船ｓｏｕｌ』の作曲者。19歳の夏、胚細胞腫瘍が肺へ転移していることが発覚し、闘病生活が始まる。1年後には脳、骨髄へと転移。20歳の1月12日に永眠。

桂子　大義の母。介護士。

高橋先生　市立船橋高校の吹奏楽部顧問。国語科の教師。

愛来　大学時代から大義の死の間際まで交際した大義の恋人。

ユナ　大義の同級生。吹奏楽部部長。

ユースケ　大義の後輩。吹奏楽部員。

ヒロアキ　大義の同級生。吹奏楽部員。
ミハル　大義の同級生。吹奏楽部副部長。
マユ　大義の同級生。吹奏楽部員。
ミノリ　大義の同級生。吹奏楽部員。
祖父　大義の父方の祖父。
千鶴　大義の妹。ソフトボール部、愛称は「ちづプー」。
野村先生　松本第一高校の吹奏楽部顧問。
木村　大義の葬儀担当者。（古谷式典ゆいまき斎苑）

浅野大義くん18歳。2015年夏、バーベキューにて

序章

# 市船（いちふな）soul

浅野大義　2016年7月25日

満員の千葉マリンスタジアム。

浅野大義がヒロアキとともに応援席に向かうと、サングラスをかけた高橋健一先生が「よお」と片手をあげた。

トロンボーンは最前列。大義はその列の端に愛用の「ロナウド」を構えて立った。「大義先輩と吹けるの、嬉しいです」と、隣の後輩が微笑む。大義も、なんだか夢を見ているようだった。

3年前、高校の教室で思い描いた、応援席。トロンボーンは最前列の花形。千葉テレビのカメラがそんな彼らをとらえている。久しぶりに目立ちたがりの大義の本能がむくむくと湧いてきた。

夏の甲子園をかけた千葉県大会準決勝。試合は2回に1点を先制した大義の母校・市立船橋高校優位で進んでいた。相手は強豪・習志野高校。大義の憧れた、習志野高校吹奏楽部オリジナル応援曲『レッツゴー習志野』の美爆音がこちら側のスタンドにまで響いていた。

6回表。習志野は、この美爆音に後押しされるように同点に追いつく。しかし市船もそれ以上の追加点は食い止めた。

6回裏、市船の攻撃。

「よーし、出番だ」

市船の応援団が一斉に立ち上がった。

「いくぞぉ、市船ぁ！」

大きな掛け声と共に野球部の応援団が掲げたプラカードには「ソウル」の文字があった。

来た！

大義が作った応援曲『市船ｓｏｕｌ』だ。ロナウドを持つ手に力を込めた。

「ソウルーー！」

吹奏楽部のメンバーが大声で叫ぶ。

タカタカタッタ、タカタカタッタ、タカタカタッタ
ドンドンドン！

大義がこだわったドラムが速いスピードで打ち鳴らされる。観客席から歓声が起こる。

大義は後輩たちと共に、『市船ｓｏｕｌ』を奏でた。

ソシソシドシドレ、ファー、ソーレファソ、ファ、ミファミレー。

速い動きのスライドと共に鳴り響く、短調のメロディ。初めて自分で、球場で吹く自分の曲。その中に応援団の掛け声が大きく重なる。

「攻めろ、守れ、決めろ、市船！」

何度も何度も繰り返される、あの6小節。迫りくるような音が選手たちに神風を送った。

1アウト1塁から4番のヒットが飛び出し、1、2塁へ。続く5番はフォアボール。満塁となった。本ゲーム最大のチャンスだ。

プラカードは、「ソウル」のままだ。

吹奏楽部も大義も、『市船ｓｏｕｌ』を吹き続ける。大義は心で願い続けた。このメロディに込めた思いを吹き続けた。

歓声が起こった。

バッターの打球が歓声を切り裂く。

左中間を破る、走者一掃の3点タイムリースリーベース。ランナーが次々と返ってくる。

スタンドは割れんばかりの歓声に包まれた。

大義も大声で叫んだ。

この回に4点を奪い、5対1とした市船は、そのまま逃げ切り、ゲームセット。決勝進出を決めた。明日の決勝に勝てば、9年ぶりの甲子園出場だ。

帰りの車中の気分は最高だった。ヒロアキとバカ話をして大笑いをした。

翌日の決勝。相手は、甲子園に連続出場を果たす強敵の木更津総合高校。2回に2点を先制されたが、『市船soul』の鳴り響く中、2点を返して同点に追いついた。

「ソウル、すげえ！」

スタンドで誰かがそう叫んだのを大義は聞いた。

Twitterでは、『市船soul』が一躍話題となっていた。

「ソウルが流れると点が入る」

「神曲」

「市船のチャンステーマ」

「かっこいい」

試合中も、スマホをチェックしているとそういったツイートが次々とあがってくる。

「何、ニヤついてんだよ」

高橋先生が大義を振り返り、笑った。

「いやあ、俺、いい曲作ったなあ、と」

「まあ、そうだよな」

生きている。大義はそう思った。俺は今、生きているんだ。
ここに、このスタンドに、俺は生きている。

# 第一章

# 告別式まで5日

## 母・桂子／2017年1月16日

　どのくらい眠ったのだろう。

　私は顔を上げた。ろうそくの火が、仏壇の前でゆらゆらと揺れている。火を絶やさないように、新しいろうそくに火をつけ、燭台（しょくだい）に立てた。

　いつの間にか眠ってしまっていた。今日は……何日だろう。

　傍らに横たわる大義の顔を見る。昨日と変わらない。変わらないということが再び心を締めつける。何度眠り、起きて、を繰り返しても、この事実だけは変わらない。

　もう朝だということは分かっていた。ぼんやりと畳の上に腰を下ろしたまま、大義の顔を見つめる。ふと、大義が大事にしていたトロンボーンが目に入る。息子はそれを「ロナウド」と呼んでいた。

　廊下を隔てた台所で、食器のこすれ合う音がした。義母が朝食を作っている。夫と、娘の千鶴は昨日、いったん家に帰ったはずだ。義父はまだ眠っているのだろうか。カレンダーを見る。今日は……1月16日。大義の葬儀まであと5日だ。

　ふいに居間の戸が開いた。「おはよう」と義母が微笑む。「おはようございます」と応えて、私も笑ってみせた。

「もうすぐ木村さんがみえるかな」

義母は独り言のように言いながら大義の顔を覗いて「おはよう」と小さく声をかける。私は部屋のカーテンを開けてみた。眩しい光が差し込む。まだ明け方かと思っていたら、すっかり日は高くなっていた。再びカーテンを閉め、部屋を暗く保つ。あまり明るいと大義の身体が傷んでしまう。

しばらくすると、葬儀を担当してくれる、古谷式典の木村さんがやってきた。いつものように大量のドライアイスを抱えている。

「おはようございます」

「毎日すみません」

「いえ、大義くんのためですから」

木村さんは静かに微笑んで居間にあがると、大義の胴体の周りに敷き詰めたドライアイスを交換し始めた。大義の身体を傷つけないように、丁寧に新しいドライアイスを押し当てていく。木村さんは作業の間、終始、小さな声で「頑張れよ」「頑張れよ」と繰り返していた。

1月という月は、一年のうちで最も人が亡くなる月らしい。今年も例外ではなく、大義が亡くなったことを葬儀社、古谷式典に知らせると、火葬場が1週間後まで空いていないことが分かり、葬儀も1週間後に延びてしまった。そういった場合、通常は葬儀社の霊安室に安置するそうだが、私はそうしたくなかった。息子は長く続いた闘病生活で、最期は病院の天井しか見ることができなかったのだ。長い間孤独な闘いに耐えてきた。「これ以上孤独にさせておきたくない。最後の1週間は家族のもとで過ごさせてやりたい」、と木村さんに無理を言った。木村さんは、快く頷いてくださった。

その1週間、私たち家族はこうして、義父の家で眠る大義と寝食を共にしていた。

1月とはいえ、暖房の効いた部屋では、大義の身体が傷んでしまう。木村さんはそれを防ぐために、毎日大量のドライアイスを大義の身体に当てに来てくれる。その誠意が、私にはありがたく、救いとなっていた。

「そういえば」

木村さんは私を振り返った。

「大義くんの高校の同級生の方がいらっしゃいましたよ、吹奏楽部の」

「市船の……？」

「はい、告別式に演奏なさりたいとかで」

「そうなんですか……」

大義が亡くなった日、顧問の高橋先生が「告別式で演奏します」と言ってくださった言葉が脳裏に蘇る。しかし、私は本気にしていなかった。卒業してから3年が経っている。皆、進学したり就職したり、それぞれの道を歩んでいる。

「人数もどのくらい集まるか、まだ分からないとのことでしたが……」

「そうなんですね……実際、演奏というのは可能なんでしょうか」

「不可能ではありません。人数や楽器にもよりますし。私たちも、ご希望に沿えるように努力いたします」

木村さんは再び微笑んだ。義母が、木村さんにお茶をすすめ、私には朝食をとるように、と促した。ここ数日、ろくに食事をとっていない。

義母が用意してくれる朝食も、あまり喉を通らなかった。木村さんは、「お気持ちは分かりますが、食べてくださいね」と念を押すように言い、「また明日来ます」と言って帰った。

仕方がないのだ――。頭では分かっていても、食事の仕方を忘れてしまったのだから。楽しくご飯を食べることなんて、ここ数か月していないのだから。

台所で熱いお茶を胃に流し込んでいるとき、ＬＩＮＥにメッセージが届いた。ユナさんだ。

『今日の午後、大義に会いに行ってもいいですか』

ユナさん。息子の同級生であり市船吹奏楽部の元部長。可愛らしい顔とは裏腹にしっかりした意志のある女性という印象があった。大義と同じ大学3年生。公務員試験を受けるために毎日勉強を続けているという。

その日の午後、ユナさんは副部長だったミハルさんと一緒にやって来た。二人とも、病室にはよくお見舞いに来てくれたが、亡くなってから大義と会うのはこれが初めてだった。

線香をあげて、ユナさんとミハルさんはじっと大義の顔を見つめていた。

「大義、笑ってるみたいですね」

ユナさんも笑ってそう言ってくれた。ミハルさんは、黙って大義の顔を見つめたままだ。

こうして市船の同級生が来てくれることが、大義には一番嬉しいだろう。

「実は……」

ユナさんは私に向き直ると、改まった表情になった。

「大義の告別式で、みんなで演奏をしたいと思っています」

私は頭を下げた。

「でも、みなさんもお忙しいでしょうから、お気持ちだけで」

「いえ、やらせてください」

そう言ったのはミハルさんだった。

「大義のためにできることをしたいんです」

「もうメンバーは集まり始めていて……今のところ、50人近く集まるんじゃないかと」

「そんなに？」

驚いた。いくら市船吹奏楽部の絆が強いとはいえ、それほど多くの人が大義のために集まろうとしてくれているとは――。ユナさんが開いている手帳には、集まる人のリスト、パート編成、楽器の手配、当日のスケジュールといった細かなメモがぎっしりと書かれてある。彼女がいかにこの数日、大義のために動いてくれているかが分かる。思わず「どうしてそんなに……」という言葉が口をついて出た。

ユナさんは静かに、しっかりとした口調で言う。

「私は、現役時代、大義に助けられました。大義に背中を押されて、部長を全うできました。だから今度は、私が大義の背中を押す番です」

そして彼女は静かにスマホを取り出すと、画面を見せた。

「これ……高橋先生からのＬＩＮＥです」

「え……？」

「大義が亡くなった次の日、私にこのＬＩＮＥが届いて。私、大義と関わった代の部長に回したんです。そしたら、各部長がその代の部員全員に回してくれました」

ユナさんのスマホの画面には、高橋先生からの長文のメッセージが映し出されていた。

スマホを受け取り、文字を追った。途端、こみ上げてくる塊のような感情に私は喉が詰まった。一行一行を読み進めるのが、苦しかった。


「大義が死んでしまった。

悔しかっただろう。

怖かっただろう。

苦しかっただろう。

何よりもっともっと生きたかっただろう。

大義の気持ちは、私たちにはわからない。

でも、もし自分が大義の立場だったら、それは考えられる。

大義の告別式。皆で演奏してあげたい。

もし私だったら多くの人に集まってもらい、演奏してほしい。

大義は音楽が何よりも好きだった。

目立ちたがり屋で、自信過剰で、でも誰よりも優しくて、人を想える人だった。

きっと大義は、先が長くないことをわかっていたと思う。けれど、そんなこと一度も私に感じさせなかった。いつも私のことを気遣ってくれた。

なぁ、みんな、大義の為に演奏してあげよう。楽器から離れているなど関係ない。みんな、忙しいだろうが、集まってもらえないだろうか。だって大義は死んじまったんだよ。でも、大義の魂に音楽を聴いてもらおう。

浅野大義は、私たちの前で確実に生きた。

生きていた。皆、それぞれ大義との思い出があるはずだ。

忘れない。

命は平等ではないね。

あまりにも早過ぎる死だ。仕事もしたかっただろう。結婚して家族もつくりたかっただろう。

この若さで全てを断ち切られた。

どうか、大義の為に集まってほしい。仕事、バイト、学校、万難を排して来てほしい。

いずれ、あなたも私も確実に確実に死ぬのだから。

２０１７年1月13日　高橋健一」

ろうそくの火が、一本消えた。私は立ち上がり、すっかり短くなり燃え尽きたろうそくを捨てて、新しいろうそくに火をつけた。

告別式に演奏会。聞いたことがない。でも、考えてみれば大義の人生にはいつも、音楽があった。思わず、笑みがこぼれた。大義が初めて音楽に触れた日のことを思い出したからだ。

ひどいきっかけだった。だが、あの日があったからこそ、今の大義がある。大義の音楽人生は、すべてはあの日から始まった。

## ２００１年・夏　母・桂子

剣道道場に向かう道すがら、息子は終始不機嫌だった。

小さな手の平は、さっき義母から買ってもらったソフトクリームが溶けだして白く濡れている。いつもなら手をつなぎたがるのにそれを拒否しているのは、出がけに私に叱られたせいだ。

「男の子には何かスポーツさせないと」

周囲のママ友達とそんな話をするたび、私は剣道をやらせようと思った。野球やサッカーは親のサポートが大変そうだ、という安易な気持ちもあったが、日本男児なら武士道の精神を学ばねば、と妙に熱く燃える親心があった。名前の通り、大義のために生きる男になってほしかったのだ。

最初の子どもが男の子だと知ったときは、嬉しいような緊張するような気持ちだった。妹が一人の長女の私には、男兄弟がいなかった。女ばかりの家庭で育つと、男の子の育て方はどうしていいか分からないものだ。赤ちゃんのときはまだしも、物心がつき、力がつき、自我を持つようになってくると、「男子こそ厳しく育てねば」と自分自身に気合いが入る。

大義は5歳だった。

来年から小学校に入学、という年の夏のこと。スポーツを体得させるには3歳、遅くとも5歳から始めなければ、という漠然とした意識のもと、「いつか」習わせようと思っていたことを実行に移した。駅前に新しくできた剣道道場に大義を入れる決意をしたのだ。剣道でビシッと身も心も鍛えてもらおうと。

しかし、私の意気込みとは裏腹に、当の大義はまったくやる気を見せなかった。朝からなんだか行動がぐずぐずしている。「道場へ行く」とは言わなかったが、どこか憂鬱な場所へ連れて行かれそうだ、という予感はしていたのかもしれない。急にアイスクリームが食べたいと駄々をこねた。大義の我儘を聞き流しながら、3歳になる妹の千鶴をベビーカーに乗せ、大義を連れて義父の家に向かった。

義父の家は、自宅から歩いて10分ほどの駅前にある。義父は写真が趣味で、何か子どもの行事があるたびにカメラを持って行き、次々とシャッターを切っていた。だから家の居間には、子どもたちの写真が多く飾られている。義父は、近くにある小学校の、校門前の桜が素晴らしいと、毎年入学式の季節になると大義を校門の前に立たせて写真を撮った。2歳の頃から撮り始めて、今年は4枚目となる桜の写真が飾られていた。

来年は、ようやくランドセルを背負った姿で撮影ができるはずだ。

大義は他の多くの男の子と同じように電車が好きで、駅のホームで電車と共にバンザイをして写っているものもある。夫や千鶴との家族写真もあるが、最初の孫だからか、飾られているものは大義の写真ばかりだ。

千鶴を義母に預けて、いざ道場へ出かけようとすると、大義はなかなか靴を履こうとしない。私にお尻を叩かれ、食べかけのアイスを握ったまま外へ出ると、強い日差しに手の中のアイスはみるみるうちに溶けだした。目的地が近づいても大義はダラダラ歩きをやめない。

「もう。アイスクリーム溶けてるじゃない。さっさと食べなさい」

私が声を荒らげると、いっそうムッとして食べ進めようとしなかった。どろどろに溶けたアイスを持ったまま道場に入るわけにはいかない。大義の手から取り上げようとすると、それは嫌だったのか、大義は私の手を素早くかわして、急いでアイスを口に頬張った。その態度に今度は私がムッとする。

親子というのはおかしなものだ。

こんなに小さな5歳の息子でさえ、自我を持つ一人の人間だ。親の自我と子どもの自我の対立は、もう赤ん坊の頃から始まっているといってもいい。親は子どもの個性を見極め、伸ばすことが大事だと世間は言うが、そう簡単に子どもの個性なんて分からない。

大義のことも、私にはさっぱり分からなかった。ただ、小さな頃から、音の鳴るものが好きだという印象はあった。食卓でも箸と箸を叩いて鳴らしたり、吹くと音が出る笛のような玩具が好きだった。一度、家族で温泉旅行をしたときに、土産物屋で拍子木を欲しがったことがある。家に帰っても楽しそうに、遅い時間までひたすら拍子木をカンカンと叩いて夫に叱られた。

大義の、繊細なんだか鈍いんだか分からない人間性に手を焼くこともしばしばだった。スポーツをさせようとしても、彼が運動に興味を示しているようには見えなかった。近所の子どもと遊ぶときも、ボール遊びなどはすぐ飽きてしまうようだったし、テレビで野球やサッカーの中継を見ていても、特に反応する様子はなかった。

大義がアイスを食べ終わるのを待つ間、私は暑さにため息をついて周囲を見渡した。

剣道道場の隣には、ピアノ教室が併設されている。

音符の模様が刺繍(ししゅう)された鞄を下げた女の子が教室に入っていくのを見た。きっちりと結われたおさげ髪とリボン。可愛いなあ、女の子っていいなあ、そんなことが頭に浮かぶ。その「いいなあ」の中には「楽だなあ」という気持ちが入っている。子育ての大変さは息子も娘も同じだが、娘が二人と、息子と娘の二人では親の心持ちが大きく違ってくるような気がする。母親とはいえ、息子は異性。息子の子育てはかなりエネルギーを消耗する。男の子というのはパワーが強い。強いくせに泣き虫。そのアンバランスさを理解し、正しい道を歩かせねばならない。

道場に入る前から聞こえていた子どもたちの掛け声は、中に入るといっそうクリアに聞こえてきた。汗の匂いと、パン、パン、と響く竹刀の音が小気味良い。

大義は、というと口元をアイスクリームだらけにしていまだ不機嫌な顔で立っている。彼の口をハンカチで拭く。むせかえるような暑さを想像していたが、道場内は冷房が効いているのか、案外快適な温度だった。

「こんにちは」

奥から竹刀を握った先生がにこやかに現れた。背はそれほど高くはないが、がっしりとした肩に、袴姿のよく似合う男性だった。四十代後半といったところだろうか。頭は丸坊主、というよりほぼスキンヘッドで、濃い眉毛がよりいっそう目立っていた。

「体験されますか」

「はい、よろしければ」

「では、どうぞ。お母さんはこちらでご見学を」

「袴を持っていないのですが……」

「お貸ししますよ」

ハキハキとよく通る声だった。私は確信した。きっとこの先生なら、大義の心も体もきっちりと鍛えてくれるに違いない。剣道で芯の強さを学べば、たとえ他のスポーツに切り替えても上手くやれるだろう。それに何より、袴と竹刀。これぞ日本男児。まっすぐに打ち込む姿は、かっこいいじゃないか。

期待に胸を膨らませ「ほら……」と息子を振り返って、ぎょっとした。

大義は、今まで見たことがないような悲痛な表情をしていた。

とっさに、アイスを一気に食べたことによる腹痛だと思った。先生にトイレの場所を聞こう、と思ったその瞬間、目にウルウルと涙をためたかと思うと、小さな瞳から、ポロポロと雫（しずく）を落とし始めた。

「どうしたの、お腹痛いの」

「ううん」

「じゃあ、何」

「……」

「どうしたのよ」

「……こわい……」

先生のスキンヘッドを見つめながらそうつぶやくように言い、息子はさらにポロポロと雫を落とす。

「ハハ！」

先生は大きな声で笑った。私は慌てて、すみません、と頭を下げた。

体験してからならまだしも、先生の顔（いや、正確にはスキンヘッドだ）を見ただけで怖がるなんて、ああ情けない。ビシッと竹刀を打ち込む日本男児になってほしいのに、どうしてこんなにナヨッとしちゃってるのかしら、まったく。私の苛立ちを加速させるように大義の目から涙はこぼれ続けた。

先生は「またいつでもお待ちしています」と笑顔で送り出してくださったが、道場を出た瞬間、私は荒いため息をついた。大義は、まだ頬を濡らしている。

さて、いったいどうしたものか。

ここで大義を説き伏せて道場に入れるのがいいか。

今日はおとなしく帰るべきか。

目の前のピアノ教室からかすかにピアノの音が聞こえてくる。私は苛立ち紛れに大義に言ってみた。

「剣道やらないなら、ピアノにする？」

まさか本当にピアノを習わせようと思っていたわけではない。ピアノと剣道なら剣道を取るだろうと思っていたのだ。しかし、大義はじっとピアノ教室を見つめると、言った。

「ピアノにする……」

その翌週から、大義は音符のマークの入った手提げ鞄に基礎練習のバイエルの本を入れて、本当にピアノ教室に通い始めた。

週に一回、教室に通う大義はなんだかいそいそとしていて、嬉しそうだった。何回か行けばすぐに飽きるだろうと高をくくっていたのだが、大義がピアノをやめる気配はなかった。小学校に入学してもピアノ教室通いは続いた。高学年になると、ついには「家にピアノが欲しい」という恐ろしいことを言うようにまでなった。

ピアノは比較的安価なアップライトでも40万円ほどする。買うからには、それなりの覚悟をしてもらわなければならない。簡単にやめるとは言わせない。大義にその自覚があるのかないのか、教室から帰るたびに、うちにもピアノが欲しい、と言うようになった。

スポーツで鍛錬してたくましい日本男児に……と考えていた私の計画とはまるで違う方向に進み始めている息子の興味に戸惑いつつ、しかし親としてはせっかく芽生えたものなら伸ばしてやりたいとも思う。

「もしかしたら音楽の才能があるのかもしれないよ」

夫の言葉に私も頷いた。

翌月。黒いアップライトピアノが、我が家のリビングにやってきた。

「大義、何か弾いて」

促すと息子は、にんまりと笑って鍵盤の前に座り、練習中のソナチネの一曲を弾き始めた。

ほとんど初めて聴く、息子のピアノの音色だった。

うまくはなかった。

音楽には疎い私は、ピアノの上手い下手や音楽の良し悪しなど、ピンとこない。それでも、大義のピアノの音色が褒められたレベルのものではないことくらいは分かった。

だけど。

鍵盤を叩く大義の手は、軽く弾むようだった。

大きく身体を動かしながら気持ちよさそうに音楽に身を委ねる姿は、二つも三つも年上の少年に見えて、私の知っている息子ではないようだった。

「よほど好きなんだな」

ピアノを弾く姿はなかなか様になっていた。大きく身体をスウィングさせるところは少しカッコつけすぎのような気がして可笑しかった。

それからというもの、ピアノ教室から帰るたびに大義はピアノの前に座るようになった。

といっても、練習は夕食までの30分ほど。しばらく弾くと飽きてしまうのか、スルッとやめて部屋へ引き上げる。かと思えば、夕食後に急に思い立ったように弾き始め、テレビを見ている夫から渋い顔をされることもしばしばだった。

私は、息子がピアノの前に座ったり離れたりを繰り返しているのを新鮮な気持ちで眺めながら、いったい誰に似たのだろうと考えた。私も夫も音楽とは（もちろん好きだが）無縁だ。妹の千鶴は、ピアノどころか大義よりはるかに男勝りで、毎日外で駆け回り、毎日どこかに傷を作って帰ってくる。兄弟、両親、親戚……と考えてみても、私たちの家系に音楽の才能はなかった。どう考えても突然変異だ。

まだ私の心には、ビシッと袴を穿いた大義が竹刀を振る姿を見てみたいという期待がわずかにあったのだが、ピアノとの出会いが、大義の毎日を少しずつ変えていったのも確かだった。小さな背中を揺らしながら弾くピアノの音には、音楽に没頭する喜びが感じられた。それはそれでいいか、と思い始めていた。

## 2009年・春　母・桂子

介護士である私の勤務先は、自宅から徒歩15分ほどのところにある総合病院だ。出産と子育てで一時休暇をとっていたが、大義が小学校にあがり、千鶴が幼稚園に通い始めた頃から、仕事を再開した。私は性格上、じっと家に閉じこもってはいられないタイプだ。職場と家庭を行き来する、忙しい生活のほうが性に合っている。だから大義が中学にあがると、夜勤もちょくちょく入れるようになった。

大義は、中学２年生になっていた。

中学での部活は吹奏楽部。ピアノは次第に上達し、小学校でも吹奏楽部でサックスを吹いていたから、当然の流れではあったのだろう。別にスポーツをやってほしいとこだわっていたわけではないが、やっぱり音楽が好きなのか、と再認識させられた。

ピアノ教室は中学入学と同時に退会したが、家ではほぼ毎日、ポロンポロンと鳴らしていた。大義は全体的にはひょろっとした痩せ型だったけれど、鍵盤に這わせる指先は小学生の頃とは比べものにならないくらい骨太になっていた。教室に通っている頃は、ソナチネとかバッハをよく弾いていたが、最近はＪポップを自分なりにアレンジして弾いていることが多くなった気がする。

「部活でトロンボーン奏者になった」

大義にそう言われてもどんな楽器だかすぐにはピンとこなかった。

「トロンボーンって、なんだっけ」

と聞く私に、大義は少し呆れたような、それでいて得意気な顔で説明した。

「トロンボーンは金管楽器だよ。大きいラッパみたいなやつで、U字管をスライドさせて音を出すの。見たことあるでしょ」

大義が口の前で右手を前後に動かした。パントマイムだったけれど、すぐに楽器はイメージできて、「上手い、上手い」と私は笑った。

学校の部活では、楽器は学校のものを使用できる。だから、マウスピースさえ自分で買えば練習はできるから、部活動としては充分だ。が、今度は「トロンボーンが欲しい」と言い出すのではないかと内心ヒヤヒヤした。

春休み前の土曜日のことだった。

夜勤明け、病院を出ると暖かい日差しが3月を感じさせた。時折吹き抜ける風はまだ冷たいが、通りの垣根越しに見える梅の花はふっくらと咲いている。

買い物をして家に戻ると、午前11時を過ぎていた。荷物を置いてすぐに昼食の支度にとりかかる。夜勤明けが土日だと、寝る前に昼食の支度という厄介な仕事があり、一刻も早く寝たい私は、そんな日の昼食は、すぐに作れる焼きそばとかラーメンといった麺類に決めていた。

「ただいま～」

焼きそばにソースを加え、菜箸でフライパンの上の麺をかき混ぜていると、大義が帰ってきた。おかえりと言いながら、足音が多いことに気付く。ほどなくリビングに顔を出した大義の後ろから、小柄な少年がペコリと頭を下げて入ってくるのが見えた。

「ユースケくん」

思わず自分の顔がほころぶのが分かった。大義の1年後輩、吹奏楽部ではトランペットを担当しているユースケくんと大義は家も近く、学校の行き帰りはしょっちゅう一緒だった。こうして、土曜日に大義が彼を連れて家に帰ってくることも初めてではない。

私はユースケくんの礼儀正しさや、朴訥(ぼくとつ)とした感じがとても好きだった。リビングに鞄を投げ出して、「わー焼きそばー」と、なんの感情も感じられない一言を発しながら冷蔵庫からコーラのボトルを取り出す大義に比べると、はるかに中学生らしく初々しい。

「急に来てすいません」

ユースケくんが謝るので、私は大きな声で「いいのいいの、食べていってよ」と促しながら焼きそばを皿に移す。

中学生の男子の会話といえば、学校のことやゲームや漫画のこと……たまに女の子のことなどだろうと思うのだが、大義とユースケくんの会話を聞いていると、ほとんどが音楽に関することだった。今日も二人が話している内容は、春休みのことや、新学期からコンクールの練習が始まることなどが中心だった。

ユースケくんは、自分の音色に自信が持てないようだった。

「ユースケは、上手いんだからさ、大丈夫だよ」

「そうですかね……」

「俺はお前の音がすげえ良かった時をちゃんと知ってるから、絶対できるって思ってる」

「……はい」

大義はずいぶん兄貴面でユースケくんを励ましている。人を励ませるほど自分は吹けるのだろうか、と内心可笑しくなる一方で、そういえば、大義がトロンボーンを演奏しているところをあまり見たことがないことに気付く。仕事が忙しく、演奏会などの行事への参加を義父に任せてしまっているところもあった。実際、息子がどれほどの腕前なのか、一度知りたいと思った。

焼きそばを食べ終えると、大義たちは二階へ上がっていった。片付けを終え、千鶴のための皿にラップをかけてから、昼寝をしようと二階へ上がっていったとき、大義の部屋から二人の大きな笑い声が廊下に響いてきた。

中学の吹奏楽部の男子たちの中で大義は、猿山のボスのような存在だということは、ユースケくんの話から薄々に感じていた。

「大義先輩は、凄いっす」「かっこいいす」

ぽつぽつと発するユースケくんの言葉に、どうしても首をかしげてしまう。

家の中での大義はお喋りではなかったが、無口でもなかった。反抗期で親とは口をきかない、という同学年の男子の話もよく聞くが、我が子の場合はまったくなく、むしろよく話す。といっても、話の内容といえばテレビのことや家族のこと、ペットのことなど当たり障りのないことばかりで、学校や部活のことはあまり聞いたことがなかった。

だから、ユースケくんから「かっこいいす」と言われても何がいいのやら、さっぱり想像がつかないのだ。

そういえば。

ある日、大義がユースケくんのことをからかっていたことがあった。

「このピアノ、１０００万円したらしいよ」

大義がリビングのアップライトピアノを指差し、サラッと言った。ユースケくんは「マジすか！」と驚き、感心して眺めた。大義はただニヤニヤするだけで、私が慌てて金額を訂正しなければ、彼は今でもうちのピアノを「１０００万円のピアノ」と信じて疑わなかっただろう。

　そんな風だから、ユースケくんはうちの子に騙(だま)されているのだろうか、とも思った。あるいは本当に私の知らない「かっこいい大義」がいるのか……。

　好きな音楽ができて、それに没頭し、信頼できる友人がいる。大義の中学生活は、それなりに充実していたと思う。

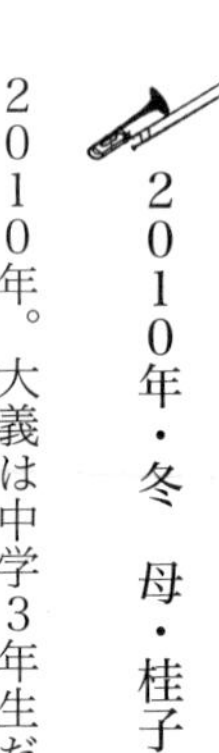

## 2010年・冬　母・桂子

　2010年。大義は中学3年生だった。受験生、という堅苦しい呼び名が不似合いなほど、息子の冬はのん気に見えた。勉強はするものの、必死に机にかじりついている、ということがない。マイペース。部活を引退しても家でピアノを弾くことはやめなかったし、部屋から音楽が聞こえてこない日はなかった。

　12月、終業式間近の日曜日。勉強中の大義に、たまにはお茶でも持って行ってやろうと、お茶とスナック菓子を盆に乗せて部屋に入ると、大義はパソコンの画面を凝視していた。

　吹奏楽の演奏が高らかに流れている。呆れた。

「ちょっと大義、勉強は」

「うん」

「部活もう引退したんだから、しばらくいいでしょ、音楽は！」

大義の学力が「並みの上下」を彷徨(さまよ)っている状態であることは、先生との面談でよく分かっている。心配からくる苛立ちで、つい口調が荒くなった。

「はーい」

返事だけはするものの、視線は画面を見つめたままだ。そして、

「やっぱ習志野だわー」

とつぶやくと腕を組んだ。

画面を覗き込むと、大義が観ていたのはＹｏｕＴｕｂｅの動画だった。習志野高校の吹奏楽部が昨年のマーチングコンテストで演奏した動画が再生されている。

「やっぱ、習志野だ。習志野に行きたい」

大義は言う。

「習志野に行くの？」

「うん、第一志望」

動画の視聴を終えると、盆に手を伸ばし、スナックを口に放り込む。私は少し不安になった。大義の学力で、習志野高校は少し難しい気が した。千葉で吹奏楽をやっている中学生な

ら誰もが憧れる高校ではあるが、それなりに偏差値だって高い。

千葉県は、全国でも特に高校の部活動が盛んな県である。

運動部はもちろんのこと、吹奏楽部も全国レベルの高校が多い。中でも、習志野市立習志野高校の吹奏学部はコンクールに出れば必ず金賞、全国大会の常連という名門中の名門だ。野球部も強豪で鳴らしており、甲子園に何度も出場している。

そんな野球部をはじめとした運動部に対する習志野高校吹奏楽部の応援演奏は、音楽をするものなら県内で知らないものはいない——らしい。「美爆音」と名高いハイレベルなそれは、オリジナルの応援歌である『レッツゴー習志野』が特に有名だった。そのぴたりと揃った爆音での演奏は、球場に地響きが起こるほどで、選手たちの士気を上げ、相手チームを怖気づかせる効果があるという。

私自身、球場で聞いたことこそないが、テレビで中継される千葉県大会予選の熱い演奏に、本当に高校生か？　と言いたくなるほど圧倒されたことがあったのを思い出す。吹奏楽に夢中な大義が、進路を決めるにあたって「吹奏楽の名門」を意識していないわけはなかった。

大義の宣言に不安を抱きつつも、せっかく「行きたい」という意志を持って頑張ろうとしているのだから、応援したいと思った。

「頑張れ」

「うん」

大義は力強く頷(うなず)く。いったいどこからくる自信なのか、その表情は余裕すら感じさせた。自分は必ず受かる、そして、そこで吹奏楽をやる。そんな希望に満ちた顔をしていた。その顔を見ていると、本当にその夢は叶えられそうで、私はもう一度「頑張れ」と言った。

大義は頷いて、腰をトントンと叩いた。

「あ〜、腰いて」

「どうしたの」

「昨日ユースケをおんぶして廊下ダッシュしたら痛くなっちゃった」

「なにそれ」

私は思わず笑いながら部屋の戸を閉めた。いつの間にか千鶴が廊下にいて「バカじゃないの」と大声で言う。その通りだ。ふと、来年からユースケくんとは別々になる。きっと寂しいだろうな、と思った。

その年も明けて2月。キンと冷えた空気の中に草の匂いが混ざって、かすかに春を感じられるようになった。高校受験の前期日程が終了し、３年生は次々と進路が決まり始める。

かくして、大義は受験に失敗した。

要するに、「習志野高校」に落ちたのである。

私は愕然（がくぜん）とした。もっと愕然としたのは大義のほうだろう。

「ごめんなさい、落ちました」

息子は蚊の鳴くような声で報告してきた。赤点をとっても「大丈夫、次で巻き返すから」と、笑顔で誤魔化すような子だったのだが、さすがにショックだったのだろう。

謝りたい気分だった。なんとなく受かるような、根拠のない余裕が私自身にもあったのだ。仕事が忙しくて彼の受験勉強を満足にサポートできていなかったことも原因のひとつだったといえた。

「吹奏楽の名門」の習志野に進学し、バリバリ音楽をやる、その未来予想図があっという間に消え去ってしまったことに、大義はかなり落ち込んでいた。

ただ残念ながら、ぼんやりしている暇はなかった。

高校浪人はさせたくない。急いで後期日程に出願するしかない。私たちは進路に関する家族会議を行った。

「市船かな～」

大義はピアノの椅子に座り、ため息をつきながらそう言った。

「大義のためにできることをしたいんです」

ユナさんとミハルさんが残していってくれた言葉。真剣な顔つき、大義を思う気持ちが嬉しかった。そして高橋先生のＬＩＮＥ。

大義は、この市船で素晴らしい仲間と出会えた。

市船。船橋市立船橋高等学校。通称、市船。

あのとき、私は市船について何も知らなかった。

吹奏楽部があること。習志野高校と並ぶ実力を持っていること。そして何より、市船吹奏楽部が、吹奏楽の演奏にとどまらない、独特でユニークなカリキュラムで有名だったこと……。市船吹奏楽部の部員たちは、楽器を演奏することだけを部活動としない。歌唱の練習をし、ダンスも学ぶ。音楽と身体表現の融合を模索する、「歌って踊れる」吹奏楽部なのだ。

大義はそこまで知っていたのだろうか。それとも、なんとなく、「習志野がダメなら市船」と、吹奏楽部のトップ校のうちどこかに入れればいいというだけの判断だったのか。

いずれにせよ……それからの大義は目の色が変わった。市船に出願し、その受験日までの

◆

数日間は、今までにないくらい猛勉強していた。部屋から音楽が聞こえてこない日が何日も続くのは中学に入って以来、初めてかもしれなかった。

大義はいつものんびり屋だったが、何かに夢中になると他のことは目や耳に入らなくなるような偏った集中力を持っていた。テレビを見ていると、夢中になって周りの音が聞こえなくなるのか、呼んでも呼んでも返事をしないこともあった。成長するごとにそれが音楽に発揮されるようになっていた。ピアノを弾いているとき、譜面を見ているとき、オーケストラの動画やCDを視聴しているとき……。音楽の世界に没頭して、こちらが大きな声で話したり、家の中を行ったり来たりしていても集中力を切らさずじっとその音に耳を傾けている、そんなことが増えていった。

もしかしたら、人生で唯一その能力を勉強に発揮したのがこの時期だったのかもしれない。

そして3月。大義は無事に市船への切符を手にして、笑顔で卒業式を迎えた。受かってしまえばこっちのもの、といった感じで「余裕だったよ」と言ったあの笑顔。

まったく調子がいい。

大義が満面の笑みで中学校の卒業式を終えた光景がフラッシュバックする。

そういえば、ユースケくんが涙目で「おめでとうございます」と言ってくれたんだっけ。

久しぶりに、少し笑えた気がした。

# 第二章　告別式まで４日

## 母・桂子／2017年1月17日

告別式の演奏に向け、市船の生徒たちは本当に動いてくれているようだった。徐々に演奏人数も増えているという。告別式まであと4日だ。

千鶴が学校から帰ってきた。

私の隣に座り、コンビニで買ってきたコーラとお菓子を大義の枕元に置く。

自分のために買ってきたチョコレートの箱を開いて私に差し出す。

「演奏、本当にするみたい」

千鶴が、「聞いてきた」という話を始めた。

卒業生たちは、楽器を持っていない人のほうが多いため、現在の市船生たちが使っている市船の楽器を使用することになったそうだ。ほかに、それぞれのツテで楽器を調達できないか、聞いているという。リハーサルの予定も進んでいて、通夜の前日の19日の夜、市船の音楽室で行われるらしい。当日の楽器の運搬車は参加者がお金を出し合って手配し、譜面台や楽譜のコピーは現役の市船生たちが協力してくれているという。それらをまとめているのがユナさんやミハルさんたち、そして一つ上、二つ上の先輩世代の部長たちだった。

「今度は、私が大義の背中を押す番です」

まっすぐに私の目を見据えて言ったユナさんの言葉を思い出す。

いい仲間に恵まれた。

いや、そんなありきたりの表現では追いつかない心の繋がりを、大義は持っているのだ。

千鶴はチョコレートをかじりながら「よかったね」と大義に言った。千鶴はお兄ちゃん子だった。大義を失って、家族の中で一番の喪失感を抱えているのは、もしかしたら千鶴かもしれない。だが、彼女は普通にふるまおうとしていた。大義が生きているときと同じように学校へ行き、部活をし、ご飯を食べ、兄と一緒にお菓子を食べて、その日あったことを話す。私の前で涙を見せることは、あまりなかった。

そんな千鶴が、大義が亡くなってから仲良くしている女性がいる。

大義の恋人だった愛来さんだ。愛来さんは大義より二つ年下の大学1年生である。

市船ではなかったが、彼女も高校時代吹奏楽部でサックスを演奏しており、音楽の話で気が合ったのだろう。大義が発病した頃から付き合い始め、亡くなるまでずっと彼の傍にいてくれた。二人の恋はほとんど病気との闘いに塗りつぶされてしまったであろうに、愛来さんはいつも向日葵のような笑顔を息子や私たちに向けてくれていた。私自身、彼女の存在に救われたところもある。

1月3日、亡くなる9日前。大義が、私に愛来さんの連絡先を送ってよこした。

『愛来の連絡先を送ります。僕の大事な人です。よろしくお願いします』

そしてそのメッセージが、大義のスマホから私に送られてきた最後のメッセージとなった。

だから私は、愛来さんのことも娘のように感じている。大義の代わりに、彼女のこれからの幸せを見届けられたらと願っているのだ。

千鶴が言った。

「愛来ちゃんも演奏に参加するんだって。ユナさんが誘ったみたい」

「そうなの」

と私は答えて、なぜ、これほどまでに市船のみんなが大義を想ってくれるのだろうと思った。大義は、私たち家族にとってはかけがえのない存在だ。だが、市船のみんなにとっては、部活の仲間の一人にすぎない。そのたった一人のために、それぞれの仕事や用事を調整して時間を費やし、労力を惜しまないのは、どうしてなのだろう。

市船魂。

ふとその言葉が思い浮かんだ。高校時代、大義が事あるごとに口にしていた言葉だ。高橋先生のLINEを思い出す。

「大義の気持ちは、私たちにはわからない。

でも、もし自分が大義の立場だったら、それは考えられる」

もし、自分が大義の立場だったら。常に相手の立場に立って考え、行動せよと教えた高橋先生の教育が、卒業した仲間たちの心にしっかりと根付いている、そう思った。

習志野高校に落ちて、市船に進んだ大義。

市船はもともと彼の希望した場所ではなかった。

しかしその3年間で彼が見つけたものは計り知れない。市船吹奏楽部の現役時代、大義は365日のうち355日は部活をしていた。家族より部活の仲間と過ごす時間のほうが圧倒的に長かった。だから、この3年間は私にとっては空白だ。

大義が何を経験し、何を感じ、どう行動したのか、私はほとんど知らない――。

## 2011年　浅野大義・高校1年生

噂以上にすさまじい。

大義は市船吹奏楽部に入ってすぐそれを実感した。

基本的な活動時間は、授業を終えた午後4時から7時。しかしコンクールや演奏会を年間に何回も行う市船では、終了時間が午後10時や11時を回ることもある。マーチングなどの大編成で行うリハーサルは大抵、体育館で練習をするが、早い時間は運動部が体育館を使っている。吹奏楽部は、体育館が使えるようになるまで、パート練習や基礎練習を行い、運動部が終わる午後8時からリハーサルを開始するのだ。

それに加えて合宿。特にコンクール前は、3〜4日間、夏休みは1週間以上も学校に寝泊まりし、練習漬けの日々を過ごす。今年の部員は1年生から3年生まで合わせて100名以上。そのうち、大義たち1年生は30人。その共同生活。一気に29人のきょうだいができたようなものだった。

大変ではあったが、音楽が何よりも好きな大義にとってこれほど幸せな環境はない。そしてなんといっても、顧問の高橋健一先生の存在は衝撃だった。

高橋先生は、短髪にTシャツ、短パン姿。吹奏楽の顧問というより野球部の顧問に近いような風貌をしている。声も人一倍大きくて、入部当時、「大義！」と呼ばれるたびに大義はびくっとした。

先生は、大学卒業後、数年のサラリーマン生活を経て、中学校国語科の教諭となった。教員生活2年目にして、突然、未経験であった吹奏楽部の顧問を任されることになったらしい。それをきっかけに一念発起し、プロの指揮者に弟子入りした先生は、吹奏楽を徹底的に学び、顧問になって5年目にして全国大会金賞受賞へと導いたのだから凄い。それだけではなく、マーチングコンテストにおいても全国大会に出場させた。名実ともにカリスマ顧問なのである。

高橋先生、かっこいい……。大義は入学間もなく、その魅力にとりつかれた。

忘れられないのは、入部直後にみんなに配られたプリントだ。毛筆でデカデカ書かれた文字。

「三年後の君たちが楽しみだ。たくさんの自分を発見しておくれ」

「練習したけどできませんでした、は言い訳だ。何が何でもできるようにするのが練習。できるまで取り組むのが練習だ」

先生は筆ペンが好きで、プリントに注意事項などを書くときも使っていた。またその字が超かっこいい。達筆とはこういうことを言うのだな、と思い、大義は先生の真似をして筆ペンでメモを取ったりするようになった。

先生が話す言葉も好きだった。演奏会の前やリハーサル、普段の全体練習のとき、先生がみんなに向けて話す言葉には説得力があった。

「練習を有意義にするためには一人一人が何をしなければならないか考えろ。練習が成功しなければ本番は成功しない」

大義は先生の言葉に深く頷いた。

毎日、朝7時半に家を出て、夜は10時近くに帰ってきて、帰ったとたん寝てしまう。土日関係なく、部活動は毎日続く。大義が家にいる時間はほとんどなくなった。まるで学校に、部室に住んでいるような生活だった。

高校でもトロンボーン奏者になった。演奏会ではトランペットやトロンボーンは最後列だが、マーチングなどのときには最前列に来ることが多く、とても目立つ。大義にとってトロンボーンは「かっこいい」楽器だった。

入学間もない5月の連休後の週末。吹奏楽部は千葉県文化会館で開催される『バンドフェスタinちば』に出演する。習志野高校をはじめとした県内の吹奏楽部やプロのアーティストたちも参加するイベントだ。

「行ってきます！」

その日も大義は朝早く家を出た。演奏前のリハーサルがあるためだ。

今日は珍しく母が演奏会に来るという。祖父は大抵いつも来てくれるのだが、母は介護士の仕事が忙しく、中学の頃から演奏会に来てくれることは滅多になかった。そのせいではないだろうが、大義は朝から少し緊張していた。

１７００席以上ある大ホールの客席は満員となった。関係者以外にも演奏を聴きに来た一般の人々も大勢いるようで、２０００円以上もするチケットは完売だった。

客席が暗くなり、ステージに明かりが入る。

大義は、トロンボーンを左手に抱え、先輩に続いてステージへと出ていった。

青いブレザーに白のパンツ。

市船のユニフォーム。

母に見られていると思うと妙に緊張する。大義は最後列の一番端に立つ。列のど真ん中にはパートリーダーの先輩。それが大義には眩しく見えた。たった二つしか違わないのに、３年の先輩ははるか遠い存在に思えるくらい演奏も素晴らしかったし、堂々としていた。

指揮台に高橋先生が立った。

満員の客席がしんと静まり返る。

(やばい、すげえ緊張する!)

心臓の鼓動がバクバクと聞こえてきそうだ。指揮棒を凝視する。先生が片手を上げ、振り始めた。音を出したその瞬間、大義は緊張感から一気に解放された。軽快なマーチのメロディとリズム。音楽の世界へと没頭していく。やがて楽しくなってくる。

そうそう、この感じ。

固くなっていたU字管のスライドもスムーズになる。自分が音符の一つひとつになる。大義は演奏しているとき、いつもこんな感覚になった。自分が音符の一つになったような感覚。演奏しているけど、心は演奏から離れて音楽の海にダイブしている感じ。そうやって夢中になって吹いているうちに演奏は終わりを迎えた。

演奏会が終わると、市船生はロビーに集合、とパートリーダーから言い渡され、大義はロビーに出た。頭の中にはまだ演奏したメロディが流れていた。

「大義」

ふいに呼び止められる。ロビーの人だかりの向こうから母が手を振っているのが見えた。

隣には祖父もいる。

「ちょっと、そこ立って、写真撮るから」

「え」

祖父がいつものようにカメラを構えた。

「ごめん、ジジ。集合って言われてるんだよ」

「一枚だけだから」

祖父はカメラを構えたままだ。

「いいよ今は、行かないと」

逃げようとする。母はなんだか興奮気味に「一枚だけだから！」と大義を制した。同級生や先輩たちがチラチラとこちらを見ていて恥ずかしくなった。家族に写真を撮られているのなんて自分だけだ。恥ずかしいから早く撮ってよ！　と小声で言っても、祖父は、

「トロンボーンもう少し見せて、笑って」

と、ポーズを要求してくる。

左手にトロンボーン、右手でVサイン、照れつつも笑顔を作った。

「市船、集合――！」

「はいっ！」

先輩の声に、大義は大きな声で返事をすると、慌てて輪の中に走って向かった。

市船吹奏楽部の一年間は行事が目白押しだ。

5月のバンドフェスタが終わると、6月初旬に行われる北海道の『YOSAKOIソーラン祭り』に出場する。7月から千葉県吹奏楽コンクールがスタート。予選、本選と続く。8月には夏合宿が行われ、9月には東関東吹奏楽コンクール、10月には全日本吹奏楽コンクールに東関東マーチングコンテスト。11月には全日本マーチングコンテスト。そして12月には定期演奏会。この演奏会で3年生は引退となる。引退式を終え、翌1月に校内でのソロコンクールがあり、2月には千葉県船橋市の主催する『千人の音楽祭』への出演、3月には千葉県吹奏楽個人コンクール、4月はスプリングコンサート……。

《市立船橋高校吹奏楽部のスケジュール（2011年度）》

5月　バンドフェスタinちば出演
6月　YOSAKOIソーラン祭り出演
7月　千葉県吹奏楽コンクール開幕
8月　夏合宿
9月　東関東吹奏楽コンクール

10月　全日本吹奏楽コンクール
11月　東関東マーチングコンテスト
　　　全日本マーチングコンテスト
12月　定期演奏会
　　　3年生引退式
1月　校内ソロコンクール
2月　『千人の音楽祭』（船橋市主催）出演
3月　千葉県吹奏楽個人コンクール
4月　スプリングコンサート

毎月何か本番がある、という忙しさに加え、その合間はひたすら練習と合宿が続く。音楽と吹奏楽が大好きな大義にとって、これ以上ない環境だった。

ただひとつ、入学当初、解せなかったのが『YOSAKOIソーラン祭り』への出場だった。吹奏楽を演奏するわけではない、ソーラン節を踊るのだ。

「ソーラン節を踊ります」

——踊る？　吹奏楽部が？　先輩から初めて聞かされたとき驚いた。

「なんで吹奏楽部なのに踊るんだ……？」

しかし、いざその練習が始まってみると、ヨサコイの踊りは楽しかった。しかも振付師の人がやって来てきちんと指導してくれる。

音楽はオリジナル。「ヤーレンソーランソーラン！」というヨサコイ節に、チャイコフスキーなどのクラシック音楽をミックスさせ、さらにテクノのアレンジが加えてあって、かっこいい。

リズムと音楽に身体を乗せて踊るのは気持ちが良かった。

大義は思った。ダンスも音楽の一部なんだ、と。

楽器を演奏することと、音楽に身体を任せることはリンクしている。

上手いとか下手とか、得意とか苦手とか、そんなことは関係ない。

本番は札幌の街中の車道を練り歩いたり、特設ステージで踊ったり、場所を変えて一日に何度も演舞を披露する。ステージと車道では隊列が変わるので、振り付けができるとその隊列の練習のために体育館で練習することも多かった。全員で動きを揃えなければ美しくないし、動きを揃えるためには呼吸を合わせることが必要だ。最初はただ無我夢中で踊っていた大義も、やがて全体で一つになるという意識を持つようになった。

みんなで一つの目的に向かう。それはヨサコイも吹奏楽の演奏も同じだ。もしかしたら高橋先生は、それを自分たちに伝えたくてヨサコイをやってるのかな、と思った。

札幌で開かれた『YOSAKOIソーラン祭り』。初めての北海道にも興奮したが、祭りの雰囲気にはもっとテンションが上がった。派手に彩ったメイクや衣装。髪はがっちりハチマキで締め、顔にもペイントを塗る。キラキラ光る衣装を着るとそれだけで別人になったように感じる。

祭りでの演舞は２日間。良く晴れた夏日が続き、一曲踊ると水風呂に飛び込みたいくらい汗をかいたが、爽快感は半端なかった。

祖父が、大義や他の部員、先生たちにカメラを向けているのが目に入った。遠路はるばる（やはりカメラを抱えて）見に来てくれていたのだ。足が少し悪い祖父だが、大義が行くところにはいつも来てくれた。そしてたくさんの写真を撮ってくれた。

「千葉県からやってまいりました、市立船橋高校です」

高橋先生が詰めかけた観衆に向かってマイクで言う。札幌の一大イベントだから、街中の人がこの祭りに参加しているのではと思われるほどの人出だった。

「よっしゃ！」

みんなと一緒に張り切って会場へ繰り出す。会場で「市船吹奏楽部」の大旗が揺れる。旗を振るのは3年の男子の先輩だ。風の抵抗をものともせず、「セイヤ!」の掛け声と共に大空に向かってグングン振り回す。「市船吹奏楽部」の文字が北の大空にはためく。

「かっこいい」

大義はその旗士に憧れた。3年になったら、旗士になりたい。

入学して2か月余り。バンドフェスやヨサコイ祭りに出演し少しずつ高校生活に慣れてきた6月下旬の夕方。練習中に大義は高橋先生から音楽準備室に呼ばれた。1年生が音楽準備室に呼ばれることは滅多にないことだ。実際、それまで大義も準備室にはあまり入ったことがなかった。

「失礼します」

入室すると、目の前に祖父がいて、大義はぎょっとした。

「なんでいるの!」

「いやいや、ちょっとヨサコイの写真を展示会に出したくてね」

祖父は笑っている。

「先生、写真を見てください」

祖父は高橋先生の前に写真を広げた。先生はその写真を一枚一枚感心しながら見ている。

大義は靴を脱ぐとちゃぶ台の前に正座した。床には畳が敷いてある。

部屋は細長く、正面に窓がある。窓の横には小さな冷蔵庫とシンクがあり、マグカップなどの食器が伏せられていた。部屋の左右の壁際に、先生用の机が二台ずつ並び、書物や楽譜、コピーした資料などが積み重なって溢れんばかりだ。壁には吹奏楽部の歴代の集合写真が何枚も貼られ、高橋先生の似顔絵や寄せ書きもある。背後にはアップライトピアノがあった。最初に部屋が細長いと感じたのは、両側に机と棚とピアノがあるために、動けるスペースが細長く感じるせいだった。

「大義はどうですか」

話が一通り終わったところで、だしぬけに祖父が先生に聞いた。急に何聞くんだよ！　と大義は恥ずかしくなった。先生は大義の顔を愉快そうに見ながら、あっさり言った。

「下手っぴぃです」

「え」

大義は思わず顔を上げた。先生は笑う。

「でも、上手くなりますよ。練習してますからね」

祖父も愉快そうに笑っている。

「下手なんですね」

「はい、下手ですね。口だけは達者で」

「いや、……あはは」

大義は思わず苦笑いした。

「必ず伸びますよ。だよな？」

そう言って先生は再び笑った。大義は先生に期待されている、と思うと心が熱くなった。ようし、めちゃくちゃ練習して上手くなろう。先生の期待に応えたい。

その日の夜。家に帰る前に祖父の家に寄った。どうしても伝えなければいけないことがあったのだ。

祖父は大義の顔を見て驚いた。

「どうした、こんな遅くに」

「ジジさ、だめだよ。高橋先生は雲の上の人なんだからさ、気安くお願いなんかしちゃ」

祖父は「すまん」と言い、「雲の上の人なのか。凄い先生なんだね」と目を細めた。


「赤ジャ一年生へ」。そう書かれたプリントを手に、大義は身を固くした。

赤ジャとは大義たちの代のことだ。もともと市船は、ジャージの色で学年を区別する。今年は1年生が赤、2年生が青、3年生は緑。そのせいか、市船は学年を1年、2年、3年とは呼ばずジャージの色で呼ぶ。「赤ジャ」「青ジャ」「緑ジャ」といった具合に。

「赤ジャ一年生へ

赤ジャ第一回のミーティングについて。

市船では、どの代もミーティングで大きく成長して来た。これは愚痴を言い合う場でも、文句を言う場でもない。

そんなレヴェルの低いものではない。

自分の考え、感じ方を伝える。相手の考え、感じ方を聞き入れる。再び自分の考えを伝える。自分の言葉に責任を持つ。そうして自分自身について深く考える場。そこにミーティングをする意味がある。自分を見つめないミーティングなどする価値もない。

文句を言うのは簡単。愚痴を言うのは簡単。

そんなことに意味はない。進歩もない。

相手に不満を感じるのは悪いことではない。しかし、そこで大事なのは『自分だったらどうするか？　不満を感じたけれど、その相手の立場になったとき、自分なら何ができるのか？　果たして文句を言った以上のことができるのか？』そういう風に考えなければ意味がない。

始めから上手くいくものではない。今日上手くいかなかったからと言って落ち込む必要はない。次がある。次が駄目だったら、また次がある。

本日は『赤ジャ1年生の問題とその改善策……具体的に何をするか？』について話し合いなさい」

「うはぁ……」

大義は思わずため息をついた。市船吹奏楽部に欠かせないこのミーティング。先輩たちがしょっちゅう集まって話し合いをしているのを知っていて、大義はそれを横目で見ながら大変そうだなあと思っていた。高橋先生は、日々起こる些細な問題でも、何か起こると必ず練習を中断してミーティングを開かせる。

入部して半年近く経ち、いよいよ赤ジャたちもミーティングを開始する時期が来たというわけだ。

それからというもの事あるごとにそのミーティングは開かれた。「愚痴や不満を言い合う場ではない」といいながら、実際には「どうして○○しないんですか」とか「○○するのはよくない」とか、不満の言い合いだ。険悪な空気になることもしょっちゅうだった。

大義は、このミーティングだけは何度繰り返しても慣れなかった。

「なんでこんなにたくさんミーティングするんですか」

大義はあるとき、思い切って高橋先生に聞いたことがある。

「人間関係は、ヒビが入りそうなそのときに修復しなければ、取り返しのつかない亀裂になる。なってからでは修復は難しい。だから傷が浅いうちにきちんと向き合う、それが大事なのだ」

そう先生は言った。頭では理解できたが、日々繰り返されるミーティングはやっぱり不満の言い合いで、不毛な気がした。先生から最後に言われた一言もしっくり来ていなかった。

「音楽は人間関係だぞ」

高橋先生は大義の肩を叩いた。

吹奏楽部の赤ジャは男女合わせて30人。多いときはひと学年に50人近くいるときもあるというから、例年に比べれば少ないほうだった。女子のほうが多いのは毎年のことで、女子の力が強いのも毎年のことだった。その証拠に吹奏楽部の代々の部長はみんな女子だ。

サックスのユナは将来の部長候補だろう。正義感も気も強い。発言力があり、彼女の言うことにはみんな耳を傾ける。ユナの言葉は大義自身の心に何度も響いた。仲間という感じがした。

勝手にライバル視をしているのは父親が音楽家だというヒロアキ。音楽に対する知識と才能が抜きん出ている。パートはクラリネットだが、もっと得意な楽器はピアノで、作曲もできる。

作曲。

これまでピアノを弾きながら、思いついたメロディを書きとめてつなげるくらいのことはなんとなくしていたが、本格的に曲を作ったことはなかった。ヒロアキと出会い、自分でも五線譜を開いて曲を書くようになった。彼に対する尊敬とライバル心は大義にとって重要なエネルギーだった。

そんな赤ジャに、事件は突如として訪れた。入学して半年近く、慣れが出てきた頃のこと。東関東吹奏楽コンクールという、大一番を控えていた。この大会で上位3校に選出されれば全国大会へ進める。3年生を中心にしたコンクール出場メンバーの空気は張りつめ、その空気感は1年生である大義たちにも伝わっていた。

そんな矢先。市船の吹奏楽部の1年生が、居酒屋に入っていた、という通報があった。

これまでで一番重たい空気のミーティングとなった。居酒屋に入った、という当事者の3人は「入ったけどお酒は飲んでいない」と言い、他の子はどうして疑われるようなことをするのかと責める。

「大事な時期なのに」

部活動は連帯責任だ。もし、市船が処分を受けて大会出場取り消しにでもなったら、これまで頑張ってきた3年生の努力が水の泡になる。

「先輩たちのこと、考えた？」

ユナが言った。

「居酒屋に入るとき、私たちの顔、浮かばなかった？」

3人は俯(うつむ)いた。

「俺たちの責任だよ、3人にとって俺たちは部活仲間以下の存在だったんだってこと」

ヒロアキが言った。

「もっとお互いに気にし合って、うわべの仲良しこよしじゃなくて自分を引っ込めたりせずに、ぶつかり合って、それで理解し合って、もっと強い絆を作っていかないといけないんだと思う」

その言葉に、他の赤ジャも頷いた。

「3人だけのせいじゃない。それを止められなかった私たちの責任でもある。もっと話さなきゃ、もっとぶつかり合わなきゃダメなんだよ」

ユナが言う。3人の目から涙が溢れた。

「ごめんなさい……」

長い沈黙が流れた。

「音楽は人間関係だって」

大義は言った。皆が大義を見る。大義がミーティングでほぼ初めて発言したからだ。思わず口に出していた自分に大義自身もびっくりした。

「音楽は人間関係……」

ユナが繰り返す。次の瞬間、練習しよう、と誰かが楽器を持った。みんなもそれぞれに楽器を構える。鳴り始めたその音は、自分たちでも情けないくらいにグチャグチャな音だった。不安と動揺と後悔と疑心と怒り。あっという間に演奏は中断された。泣き始めた人が多くいたからだ。本当にその日は最悪だった。大義も最悪の気分だった。

高橋先生率いる市船の成績は華々しい限りだ。

東関東吹奏楽コンクールでは5年連続金賞に輝いているし、マーチングコンテストでも全国大会の常連で金賞、銀賞ばかり。数多くのコンサートやイベントに招喚されている。近年では、とある企業から熱望され、演奏がＣＭソングにも使用されたりと、高校の部活にとどまらない活躍ぶりだ。校内でも吹奏楽部の活躍が評価され、ついに学校内に新たにシンフォニーホールが建設されることが決まっていた。

練習は先生一人が見るのではなく、プロへと進んだOBやOG、ときには一流の演奏家や作曲家を招いたレッスンも行われる。

練習をまとめるのは各パートリーダーたち。部長を中心にピラミッド型に組織され、1年生の一人一人にいたるまで統率が取れている。その統率は先生が強制でやらせているわけではなく、生徒の自主的な判断や考えに基づいている。

組織の1パーツとしてではなく、一人一人が自分が何をすべきかを日々考え、日々の部活動を生徒自らが作り上げていく。それが市船の醍醐味だった。

そんな部員たちの考えが最も分かるのが、部活ノートの存在だ。

一週間に一回、部員全員が高橋先生に提出するノート、『部活ノート』。このノートには、基本的に何を書いても構わない。音楽のことでなくてもいい。日々感じたこと、部活動を通して気付いたことや感じたことを文章にして表現すること。これも重要な部活動の一環だった。ミーティングも、この部活ノートの意見に基づいて進められることが多かった。

しかしながら、大義は自分の考えを文章に綴るという作業がどうも苦手だ。

いつも一行か二行、「これからも頑張ります」とか「楽しかった」とか、小学生レベルの文章しか思い浮かばない。演奏でなら、いくらだって表現できる気がする。だが楽器を吹いているときのあの爽快感や、みんなと息が合った瞬間の嬉しさや楽しさを、どうやって言葉にしたらいいのか分からないのだ。

一度、ユナの書いている部活ノートをちらりと覗き見したことがある。

細かい字でびっしりと文章が書かれていた。きっとその日の反省や部活を通して思うことなどを書き綴っているのだろう。

「すげえ……」

そこまで文章の書けるユナを心から尊敬した。

しかし、もっと凄いのはその一人一人のノートに目を通す高橋先生かもしれない。

先生は、ノートに日を通すとコメントをくれる。それだけではなく、気になった人の文をプリントにしてみんなに配る。良いことも悪いことも、共有したほうがいいという人の意見は共有する。それによって大義たちは誰がどんなことを感じているのかが分かる。否応なく腹を割る関係性が作られていくのだ。

大義はそんな先輩や仲間の言葉をいつも感心して聞いていた。

「最近、意味のある練習って何だろう、と思います。練習がただの練習になっている気がします。その日やったことが次の練習の時にそのレヴェルから始まっていません。難しいです」

「信頼を築こう、という意見がミーティングで出ました。でも信頼って、口に出して作ろう、作ろうと言えば言うほど遠くへ行ってしまうというか、信頼について話し合ってもできるものではないと思います。これから先、ＹＯＳＡやコンクールを乗り越えた先に出来上がっていくものであり、焦る必要はないと思います」

「先日、私の考えを少し変えるきっかけとなる出来事がありました。『吹劇』の楽譜がすべて入っている黒譜をなくしました。先輩から借りている大切なものなのに。このことをみんなに言ったら、私なんかに楽譜は預けられない、自覚がなさすぎると言われるのが怖くて誰にも言えませんでした。でも一人で探しても見つけることができず、とうとう集合の時にみんなに話した時、誰一人として私を責める人はいませんでした。全員で探せば絶対に見つかるから、といって一緒に探してくれました。そして見つかった時、言葉では言い表せないくらいに嬉しかったです。結局、決めつけていたのは自分だったのだと思います。自分がこう言ったら皆がこう思うだろうって。こんなにも自分を受け入れてくれる人が近くにいたのに自分で勝手に壁を作って」

言葉が拙いことを自覚していた大義は、笑顔でいることだけは続けた。

暗い顔をしている人がいれば話しかけた。

泣いている部員がいたら傍にいて背中をさすってやった。

険悪になりそうな部員たちの間に入り、どちらの意見も平等に聞いた。

基本的に、楽しく時間を過ごしたかっただけなのかもしれない。

だが、いつの間にかみんなは大義を「ムードメーカー」と呼ぶようになった。大義のいる場では争いは起きにくかった。いつでも何を話していてもニコニコと笑っている大義がいると、なんとなく場が和やかになってしまうのだ。

だから大義は、人間関係で悩むこともあまりなかった。勝手にライバル視しているヒロアキが冷静に自分の間違いを指摘してくるとイラッとすることはあるが、それくらいのものだ。

練習は厳しかったし、吹いても吹いても先輩には追いつけないように感じて気が遠くなることはあったが、それがまた楽しかった。だからその年の終わりが近づいても、大義の部活ノートは相変わらず「頑張ります」「楽しいです」の繰り返しだった。

少しずつ、赤ジャの絆が生まれてくるのを感じていた。

日々もがき、泣き、怒り、そして笑い合うことに一生懸命だった。

12月。いよいよ3年生の卒業公演でもある定期演奏会が迫ってきた。東関東吹奏楽コンクールは見事、金賞を受賞したが、上位3チームに与えられる全日本吹奏楽コンクールへの出場は叶わなかった。

「〝ダメ金〟か。来年こそ、絶対出る」

吹奏楽の世界では金賞を獲ったにもかかわらず次の大会へ進めないことを〝ダメ金〟という。

大義は燃えていた。そのためにもこの定期演奏会は、成功させなければならない。市船生にとってはそれまでの活動の集大成であり、最も大切な演奏会だった。チケットはいつも売り切れる。市船吹奏楽部のファンがいて、この演奏会を楽しみにしているのだ。

市船の定期演奏会では、高橋先生が考案した『吹劇』という演目がある。

『吹劇』とは造語で、読んで字のごとく「吹奏楽」と「演劇」が混ざったものだ。一つのテーマに沿って、序章から8章ほどの楽曲が演奏され、舞台上では物語が展開していく。その物語はセリフを使わず、歌やダンスといった身体表現を使って喜怒哀楽やストーリー展開を表す。吹劇は部員全員が出演し、部員たちはときには演奏し、ときにはダンスし、ときには合唱し、一人一人がくるくると役目を変えながらクライマックスまでの約30分を演じ切る。

今年の吹劇は6作目となる作品だった。タイトルは『ゴンドラの唄～幕末から明治へ　生まれ変わる日本～』。明治維新の激動の中、新しい夜明けを迎えた日本の姿を表現する。その年の3月11日に起きた東日本大震災からの復興への願いが込められた作品だった。物語構成は高橋先生が作り、作曲は吹奏楽界でも著名な作曲家が手掛けるという。

「本当にすげえ……！」

初めて楽曲をみんなで演奏したとき、大義は興奮して叫んでしまった。

大好きな要素はたくさんあったが、一つは楽曲のスケールの大きさだ。映画音楽のようなかっこいい編曲。壮大なテーマ。フルオーケストラで演奏されるような大編成の楽曲がクライマックスを迎えたときの迫力は圧巻だ。

すっかり『吹劇』に惚れ込んだ大義に、さらに嬉しい大役が舞い込んだ。

歌唱パートのソロだ。

市船吹奏楽部では歌唱トレーニングも練習に組み込まれている。大義は歌うことも大好きだった。細身の体型からは想像もできないほど大義の声は太く深く、誰よりも大きく響き渡った。

「大義、歌上手いね」

そう言われるたびに嬉しくなってますます歌うことが楽しくなった。そして定期演奏会。

「1年の中で一番声が通るな」

高橋先生はそう言い、続けた。

「演奏の中盤にある、ソロパートを大義に歌ってもらおう」

大義は嬉しくて誇らしくてその夜は眠れず楽譜を眺め、自分が舞台の中央でそのパートを歌っているところを想像してはニヤついた。

本番2週間前を切った日、吹劇の練習のときのことだった。

部全体で、忙しさは頂点に達していた。とにかくやることが多いのだ。

『ロサンゼルスオリンピックファンファーレ』で幕を開け、女声合唱のための三章『愛の河』、組曲『ハーリ・ヤーノシュ』、ジブリ作品『魔女の宅急便』、『管弦楽のための協奏曲』、そして吹劇……。大作を次々と仕上げていかなければならない。その他、生徒たちだけで台本を書いて演出するミュージカル作品もある。

疲れもあったのだろうか。楽器の演奏パートと合唱パートの配置換えがうまくいかずに練習が行き詰まっていた。大義がソロパートを歌った後、すぐにトロンボーンに持ち替えて演奏をする段取りがうまく組めない。何度も方法を変えてみたがうまくいかなかった。

「このパートを歌わなければ間に合うんじゃないか」

先輩たちとの話し合いの中で、大義がソロパートを降りることになった。

申し訳なさそうにする先輩たちに、「いえ、僕は来年もチャンスありますから」と大義は笑顔で返したが、内心はショックだった。来年もソロパートをもらえるかどうかなんて分からない。やっぱり、舞台の真ん中で歌いたかった。大勢の観衆の前で、さぞ気持ちよかったことだろう。

でも、大事なのは吹劇という作品が素晴らしいものに仕上がることだ。今は、自分の希望より全体の完成を目指したほうがいいと、大義は思った。そう思える自分がまた誇らしくもあった。

「俺、ちょっと成長したかもしれない」

大義は、音楽は人間関係だという高橋先生の言葉をずっと心に持っていた。良い人間になりたい。そして良い音楽を奏でたい。そう思っていた。

吹劇は見事な出来で、お世話になった3年生との部活動は幕を閉じた。

吹劇が大義にもたらした影響は絶大だった。ますます作曲に興味を持ったのだ。

あのかっこいい壮大な曲を、俺もいつか作ってみたい。

部活が早く終わった1月のある日、大義は決心してピアノの前に座った。

「曲を作るぞ」

目を閉じてイメージを膨らませ、思いつくメロディを弾いた。その曲は、どこかで聞いたことがあるような、ないような……。とにかく、自分の頭の中にあるメロディを鍵盤にのせて表現することで、作曲の一歩を踏み出そうとしていた。

飼い猫のシルクが足元に寄ってきて、不思議そうに大義を見上げていた。

「それ、なんの曲？　うるさいんだけど」

千鶴がからかい半分に聞く。

「千鶴のテーマです」

とやり返した。

それ以来、大義はピアノの前に座ることが多くなった。思いつくメロディは断片的だったけれど、それでも自分の中から曲が生み出されていく感覚は面白かった。

その頃、ヒロアキは高橋先生から頼まれて簡単な編曲を手掛けるようになっていた。ヒロアキはいつも五線譜を持ち歩いていて、先生から頼まれるとサラサラと音符を書き、ピアノで演奏してみせた。

「かっこいい」

大義は、そんなヒロアキのスマートさが羨（うらや）ましかった。ヒロアキは、自分で合唱曲やピアノ曲なども作っていて、校内のコンサートなどではその曲を使用することもあった。

「どうやって作曲してるの？」

大義はある日、ヒロアキに聞いてみた。普段あまり多く話をすることはない。パートも別だし、何よりライバル心が勝っていた。

「キーボードかな」

ヒロアキは答えた。

「キーボードか」

大義はポンと手を打った。

2年生に上がる直前の春休み、大義は貯金をはたいてキーボードを買った。ついでに作曲ソフトも購入してみた。部屋にドーンと存在感を放つ88鍵の美しいキーボードが置かれたときは、もう自分が作曲家になったような気分になった。

作曲ソフトは思った以上に便利だった。キーボードとパソコンをつなぎ、ソフトを使うことで、大義が弾いたものをそのまま楽譜データにしてくれる。

面白くていろいろと弾きながら楽譜を作っているうちに、断片的だったメロディのアイデアが次第に、ある程度の長さを持つメロディラインを描くようになっていった。


春が来た。

大義は2年生になった。と同時に、先輩になった。後輩がやってくるのだ。1年生は緑のジャージ。その年に入部してきた緑ジャの顔ぶれの中に、ユースケの姿があった。中学の頃、兄のように大義を慕っていたユースケが、市船に入学を決めたのだ。

「大義先輩がいるから」

成績優秀だったユースケは、もっと学力が上の進学校にも合格できたはずだ。だが、自分のいる市船を選んだ。それが何より嬉しかった。家が近い大義とユースケは、一緒に登校できる。春から楽しくなりそうだ。

市船の吹奏楽部は、厳しい。いつも自分との闘いにさらされる。だけど、その闘いの末に見る景色は最高だ。

大義には自信があった。きっとユースケも、市船を好きになるだろう。

# 第三章　告別式まで3日

## 母・桂子／2017年1月18日

古谷式典の木村さんは相変わらず、毎日やってきてくれている。

今日は、市船時代の友人が来る予定になっていた。ユナさん、ミハルさん、それにヒロアキくん。

棺(ひつぎ)に横たわる息子はもう、何も言わない。

私は大義について思い出してばかりだった。すべてが愛おしい存在。失った哀しさ、寂しさは計り知れなかった。ただ、その寂しさのかけらには、「知らない大義」がいることが関係していた。

高校に入ってからの多くの時間を、大義は仲間と過ごした。

その3年間に何を見ていたのだろう。何を感じていたのだろう。

立ち上がり、台所へ行く。自分の体温がひどく低くなっているような気がした。寒気が止まらない。お茶を淹れようと湯を沸かした。ぼんやりとガスコンロの火を見つめる。今日は1月18日。告別式まであと3日だ。

インターホンが鳴った。

義父が出迎える。ヒロアキくんだった。

「遅くなってすみません」

ヒロアキくんは頭を下げ、大義のために線香をあげてくれた。卒業後、大手楽器メーカーに就職し、営業の傍らピアノ教室の講師も務め、作曲の仕事も請け負っているというヒロアキくんは他の同級生たちよりもずっと大人びて見えた。

「他の子たちはもう来ましたか」

しばらく大義の顔を眺めて、ヒロアキくんは言った。

「ええ、ユナさんやミハルさんやユースケくん、他にもたくさん。毎日誰かが来てくれるんです」

ヒロアキくんは「そうですか」と言って微笑んだ。

「みんな、大義が好きですからね」

誰もがそう言う。とても懐かしそうに、ときには愛おしそうに。その言葉を聞くたび私は、嬉しい半面、自分の知らない大義を見せつけられているようで寂しくなった。

「ヒロアキくん」

「はい」

「大義のこと、教えてくれない？」

「え？　大義ですか？」

「知っていることだけでいいから」

不思議そうな顔をしたヒロアキくんはしばらく私を見つめ、そして納得するように頷いた。

「優しかったですよ、とても」

彼はぽつぽつと語ってくれた。それからしばらくして、ユナさんとミハルさんも訪ねてきてくれた。ヒロアキくんとユナさん、ミハルさんは私の知らなかった大義の姿をたくさん教えてくれた。私は時間が経つのも忘れて話に聞き入った。

2年生になると大義のトロンボーンの腕前はメキメキと上達したらしい。ユナさんが言うには、彼が3年生に交じってコンクールメンバーに選ばれたからではないかとのことだった。高橋先生の指導法の基本的な考え方は、上手くなってから本番に出す、というのではなく、本番に出るために上手くなるよう努力する、というものだった。大義も、迫りくる本番を前に何が何でも上手くならねばとプレッシャーがかかったのかもしれない。

夕方になり、学校から帰ってきた千鶴がその輪に加わった。義母が彼らに夕食を用意してくれた。話題は、大義たちが3年生になる頃に移っていた。

ユナさんが、大義の顔を見ながら言う。

「3年で私が部長になったときに、背中を押してくれたのは大義です」

「大義が？」

ユナさんは頷いた。

「私、赤ジャの部長をやる自信がなかったんです。部長に指名されたとき、辞退なんてできる勇気はないから『頑張ります』って言って受けたんですけど、内心はもう『無理！無理！無理！』ってすごくテンパってました。確かに、それまで行事があれば赤ジャをまとめてきていたし、なんとなく連絡係は私のようになっていましたけど……。だってあまりにそれまでの先輩と私は器が違ったから」

私は言った。

「そんなこと。ユナさんは私からみても遜色がない、素敵な部長だったと思うよ」

ユナは少し笑って言った。

「でも私、緊張すると、変な言い間違いしたり、失敗もするし。自信なかったんです、本当に。何より先輩たちのように先生と渡り合う勇気なんてなかった」

そうだったのか……。告別式で大義のために演奏をしたい、と段取りをつけてくれている彼女とは違ったユナさんの一面。でも……私は、気になって聞いた。

「そんなユナさんの背中を、大義が？」

## ２０１３年　浅野大義・高校３年生

２年生の冬。

定期演奏会を終え、３年生が引退する12月は、次の代の部長や副部長、パートリーダーといった幹部が決まる時期でもある。

ついに赤ジャの中から部長が決まる。赤ジャが主役の１年間が始まるのだ。

次の代の部長は、部員全員が音楽室に集まり、前の代の部長から発表される。

大義たちの中で、いったい誰が１００人を超える部員たちを束ねる重責を背負えるのか。

「部長、ユナ」

発表の声を聞いたとき、大義に異論はなかった。

ただ、ユナの顔は明らかにこわばっていた。

ユナの不安を察したのだろうか。高橋先生が口を開いた。

「部長にあるべきものなんかない。その代その代にぴったりのリーダーが部長だ」

その代その代にぴったりの、か……。大義は考える。自分たち赤ジャにぴったりのリーダーがユナか。だとしたら、自分たちが彼女を支えてあげなきゃいけないんじゃないか。

発表式が終わって解散すると、赤ジャのみんながユナの周りに集まった。「やっぱり」「ユナがなると思ったよ」などと嬉しそうな顔で言う。ユナは涙目になっていた。

「どうしよう、私、無理だよ」

大義はユナの肩をポンと叩いた。

「俺たちが助けるから、ユナなら大丈夫」

部長が何もかもやる必要はない。やるのは俺たちでいい。みんながユナを助けようとすれば、まとまる。きっとそれが赤ジャのリーダーなんだ。

かくして赤ジャ30人の「ユナたちの代」がスタートした。


大義のトロンボーンの腕前は驚くほど上達していた。１年生の頃には「下手っぴぃ」と高橋先生にからかわれていたことが嘘のように、パートリーダーになり、後輩を教える立場になった。

これまで先輩が引っ張っていってくれていた基礎練習、パート練習、全体の合奏、日々のタイムスケジュール、イベント出演の段取り、先生との打ち合わせ、全体への伝達……。すべてを自分たちで引っ張っていく。思っていた以上に大変な作業だった。

部長のユナは、時々テンパったような姿を見せる。赤ジャは不安げなユナを助けるために団結して動き始めた。

「楽譜のコピー、俺が行ってくる」

「筋トレリーダー、今日は私がやるよ」

そう声をかけるだけでユナはホッとしたような表情になった。大義も練習室の確保や合宿のスケジュール組みなど、与えられた役割以外でもできることはなんでもした。集合して指示を出さなければならないときは、後輩たちへ声かけをしていち早く集まらせた。

そうしているうちに、少しずつユナは部長という立場に慣れ始めているように見えた。指示を出すことにも慣れ、赤ジャと仕事を分担することにも慣れていった。

大義が思った通りだった。赤ジャは、これでいいのだ。みんなが協力し合って一つになる。それが俺たちなのだ。


「腰が痛え〜……」

休憩時間になり、大旗を体育館の床に振り下ろし、柄から手を放した大義は、Tシャツを脱いで半裸になった。びっしょりと汗をかいている。汗は真夏の日差しだけが理由ではない。

6月。再び北海道での『YOSAKOIソーラン祭り』の季節がやってきていた。

「大丈夫？」

ホルンパートのミノリがペットボトルの水を差し出す。ショートカットで少しボーイッシュなところがあるミノリと大義は、男同士のように仲が良く、身体の小さなミノリを、大義はふざけて背負って歩いたりしていた。

「ミノリが重すぎた……」

大義はわざと大声で言う。

「わけないっしょ」

大義の腰の痛みは、ヨサコイで彼が振り回す大旗のせいだ。

最後のヨサコイで、大義は旗士を願い出た。１年生の頃から憧れていた旗士。先輩たちがかっこよく振ってきたあの全長５メートルの大旗を、今年は自分が振りたい。その願いは叶えられた。旗は大空に向かって大きく振ると、風を切ってブワッと音を立てて舞い踊る。北の大地に、市船の文字が堂々となびくところを想像しながら練習するのは気分がいい。だからどれだけ腰が痛くなっても、絶対にやめたくないのだ。

今日は、北海道へ旅立つ前の最終リハーサル。船橋アリーナを借り切って夜まで行う。大義たちは保護者会が差し入れしてくれたハンバーガーにかぶりつきながら、今年はファイナルに行こうと話した。

「サイト投票ってさ、携帯でできるんだよね」

ミハルが確認するように言う。祭りは、200以上の団体がヨサコイ踊りを披露し、審査や観客投票などでファイナリストを決め、その年の大賞を決めるコンテスト形式だ。ファイナルに進んだ11組だけが、メイン会場のステージで舞を披露できる。

「クラスの子に、市船に投票してって頼んでおこう」

ミハルは真剣だ。副部長の責任からか、最近の彼女は結果にこだわる。

ヨサコイならファイナリスト、コンクールなら金賞、そして全国大会出場が今年の赤ジャの目標だった。

「別にヨサで頑張らなくても」

ヒロアキがぼそっと水をさす。とりあえず、早くヨサが終わってくれればと思っている。1年生のときから変わらず、「とにかく楽器がやりたいのだ、俺は」と言わんばかりだ。大義はヒロアキの頭を腕で摑んで振り回した。「やめろよ」と腕を振り払おうとする彼にさらに絡む。大義はヒロアキのクールなところを、じゃれて崩すのが好きだった。1年前までは勝手にライバル視をしていてこんなに仲良くやり取りすることはなかったが、3年生になって赤ジャの団結力が深まったためか、ヒロアキのことも同志と思えるようになった。じゃれながら、ファイナリストに行ってやる、北海道に市船の旗をはためかせてやる、と強く思った。

翌日。

新千歳空港に降り立つと、6月の札幌は青空に爽やかな風が吹き抜けていた。宿舎に移動し、本番に向けての準備を整える。

「来たぞー、北海道！」

否応なくテンションが上がる。それは3回目でも変わらない。

翌朝は6時から起床し、衣装とヘアメイクをきっちりと済ませた。こういったことは男子より女子のほうが得意だ。男子の顔や手足のペイントを手伝う女子たちの手も早くなる。これから一日中、札幌市内のいたるところで演舞を披露するのだ。

青が基調となった和風の衣装。今回のテーマ「大切なことは、自分がどうするかだ」は、いつも高橋先生が大義たちに話す言葉だ。苦しいとき、もうやめたいとき、誘惑にかられたとき、そして一日一日の日常の中で、常に自分に問う「今、自分がどうするか」という選択。なまけることも、前に進むことも、すべては自分次第なのだ。

正午。大通りでの最初の演舞が始まった。「千葉県からやってきました、市立船橋高校吹奏楽部です」という高橋先生からの紹介が終わると、大音量で音楽が流れた。

「そう、大切なことは自分がどうするかだ！」

市船生たちが踊りだす。「ソイヤ！」の掛け声と共に、大義は大旗を振り上げた。

おお〜！　という観客のどよめき。『市船吹奏楽部』の文字が大空を駆けた。吹奏楽部らしく、チャイコフスキーの旋律も取り入れた独自の楽曲で、４分間、大通りを激しく踊る。反応は上々だった。

順調にセミファイナルへ出場を決めた。ここまでは過去の先輩たちもたどり着いている。問題はここからだった。ファイナルに行きたい、行くんだ――。

待機場所の広場で、気合い入れをしようとユナが提案した。

「大義、頼む」

大義は全員の輪の中心に立った。部員の視線を受けて大声を張り上げた。

「男は、度胸！」

「女は、根性！」

全員から「オー！」という雄叫びが次々にあがり、サポートのＯＧ・ＯＢや保護者会の面々も大きな拍手を送る。再び会場に戻り、演舞を続け、大義は大旗を振り続けた。

最後の演舞のとき、大義は不思議な感覚にとらわれた。

旗と自分が、完全に一体化している!?

持ち上げた瞬間、重さをまったく感じない。旗は布の先まで、腕と同化して、軽々と回すことができる。翻る旗は自分の心も翻らせ、空に飛んでいくような感じがした……。

「市船魂、ここにあり！」

大義は叫んだ。

ファイナルには残れなかった。

ただ、悔しさよりもやりきった爽快感が勝るのがヨサコイの良さだ。顔にペイントを残したまま宿舎へと引き上げる部員たちの身体は、心地良い疲労に包まれていた。

大旗を柄に巻き付け、肩に背負って列の最後尾を歩いていた大義の後ろから、ユナが寄ってきた。ポンッと背中を叩く。

「超かっこよかったよ」

ユナはそれだけ言うと、さっさと歩いて前方のみんなに追いついていく。

「あ〜……」

大義は、ため息とも感嘆ともいえる声を漏らした。

「今なら、なんでもできそう！」

ヨサコイが終わると、夏の吹奏楽コンクールが迫ってくる。千葉県大会、東関東大会を勝ち抜けば、日本中の吹奏楽部が目標とする全国大会だ。野球部でいえば、甲子園に匹敵する。

そしてもうひとつ、市船吹奏楽部には重要な役目があった。運動部の応援バンドだ。特に、野球部の応援、甲子園での応援バンドは吹奏楽部にとっても目標であった。

千葉県は、木更津総合高校、習志野高校、専大松戸高校といった野球強豪校が数多くある。予選出場校は170校近く。市船の野球部は、過去に甲子園出場経験はあるものの、ここ数年はその切符を逃し続けていた。

大義にとっても、野球部の応援バンドには期する思いがあった。——習志野高校。入学以来、何度も合同練習を行ってきた。切磋琢磨（せっさたくま）する関係ではあったけれど、ライバルでもあった。球場での応援もおのずと対決の形式になる。そして自身が行くことのできなかった学校だった。負け惜しみでもなんでもなく、大義は市船に来てよかったと思っている。それを、証明してやりたかった。

「『レッツゴー習志野』の美爆音は凄いからな」

習志野高校吹奏楽部が球場で奏でる美爆音は健在で、オリジナルの応援曲『レッツゴー習志野』が演奏されると、勝ち目がないような気になってくる。だからこそ、大義は、いや市船吹奏楽部の誰もが、それに対抗したい、という強い思いを持っていた。

「誰か習志野に勝てる曲、作れる奴いねえかな」は、もはや高橋先生の口癖となっていたくらいだ。

現実的に言えば。大義は思った。

部内で作曲ができる奴、といえば一人しかいない。ヒロアキだ。

夏は刻一刻と近づいていた。そして、高橋先生のお決まりの一言が発せられたある日、ヒロアキは大義につぶやいた。

「タカケンさ、あれ、俺に言ってるよな」

「うん、そうだな」

大義も頷く。

「はあ……」

ヒロアキがふいにため息をついた。

「どうした？」

「うん……」

合奏の時間まであと少しある。本当はパート練習をしないといけないのだが、二人ともヨサコイで完全燃焼したせいか、やる気がどうも起きない。そのときは部室で束の間、ぼんやりとしていた。

「……失恋しました……」

「え？」

ふいにヒロアキから出てきた言葉に大義は驚いて彼の顔を見た。

「別れました」

「マジ？」

「うん」

「なんで」

「なんでというか……お互いにただ盛り上がっていたのが冷めていったというか……特に原因はないいんだけども……」

ヒロアキはため息交じりにブツブツ言っている。

「そっかあ……」

大義は頷いた。クールでプライドの高いヒロアキが、女の子のことでしょげている姿を見るのは、ちょっと嬉しかったりする。

「付き合ってるときも、めっちゃ楽しい時間ってそんななかったし、いいんだけどさ、でも実際別れてみるとけっこう……つらい」

「ははは っ」

「いや、笑いごとじゃないから」

「大丈夫だって」

「何が大丈夫だよ」

「すぐ忘れるから」

「は？」

「そのうちすぐ忘れるよ。好きだったことも忘れるから。大丈夫！」

「他人事かよ」

「他人事だね」

ヒロアキは再びため息をついて天井を見上げた。

「だからさ〜、俺、今応援曲とか作る気持ちになれないんだよね」

ヒロアキはつぶやく。

大義はその瞬間、ひらめいた。

「俺が作るよ」

ひらめきと共に言葉が出ていた。ヒロアキは驚いた顔をして大義を見る。

「お前作れんの？」

「分からん」

本当に分からなかった。キーボードと作曲ソフトを購入したものの、きちんと作曲に向き合う時間が全然なかったし、曲らしい曲を仕上げたことは一度もなかった。

だが、作ってみたい、作れるかも、いや作ろう！　という気持ちが膨らんだ。

大義は、さっと立ち上がると、高橋先生のところに行ってくる、と言って部室を出る。音楽準備室の戸をノックした。

「大義です」

と声をかけながら入った。

「なんだ」

高橋先生はコンクールの楽譜と睨めっこした状態のまま顔を上げない。大義は畳の上に正座した。

「市船の応援曲、俺作ります」

「あ?」

高橋先生は、一瞬顔を上げて大義を見る。その目が少し笑っている。

「おう、やってみろ」

「はい」

「出来がよかったら採用してやる」

「はい!」

大義は頭を下げ、「失礼します」と言いながら音楽準備室を後にする。

よーし、やってやる。高橋先生に褒めてもらえるような、凄い曲を書いてやる! そう心に誓いながら廊下を闊歩した。

午前2時。

大義は、部屋の時計を見てため息をついた。そろそろ寝ないと……。

明日、トロンボーンパートの朝練をしようと言っていたのに、このままでは遅刻してしまう。

そう思いながら、指はもう一度動画の再生ボタンを押していた。ヘッドフォンを耳に当てる。聞こえてくる習志野の美爆音。昨年の夏の千葉大会予選、習志野高校吹奏楽部の応援風景が収められた動画を、大義は何度も繰り返し視聴していた。

「やっぱ短調だ……」

つぶやく。

日本人の心に残りやすいのは短調だというのはよく言われる話だ。

ｍｏｌｌ（モール）。短調かつ四拍子または二拍子の曲が受け入れられやすい。日本の音楽が雅楽に端を発するためか、有名な民謡も、ヒット曲もマイナーキーを好む傾向にある……。

「どうせ作るなら、日本中が一発で覚える曲がいい」

大義はそう考えて曲をイメージした。

この曲が演奏される場所は、アルプススタンド。いや甲子園だ。

日本全国の観衆が見守る中、爆音で鳴らせる曲。

一度聴いただけで、みんなが口ずさめる曲。

絶対に忘れられない曲。

考えれば考えるほど、難しかった。


「やばい、遅刻だ」

曲を作りながらいつの間にか寝てしまったようだった。そして、案の定の寝坊だった。

バタバタと二階から駆け下りると、味噌汁のいい匂いがする。どうせ遅刻なら朝飯を食おう。大義はリビングのドアを荒々しく開けた。ドア近くにいた猫のシルクが驚いて飛びのく。

「今日朝練あるんじゃなかった？」

母が、イヤミのように言ってくる。

「うん、まあ、あったりなかったり」

大義は自分でも意味不明と思える言い訳をしながら席についた。箸を持って味噌汁を吸う。イヤミを言われようが遅刻だろうが、母の味噌汁は美味い。

「ご飯、ちょっと待って。朝、スイッチ入れるの忘れてて」

母が、「あと1分」という炊飯器の液晶画面を睨みながら言った。大義は小さい頃からのクセで、箸をテーブルに打ち付けて、ドラムのようにタンタンッと叩いた。あまり寝ていないのに今日は妙に目覚めがいい。叩く箸のリズムも速くなる。

タンタンタン。

タタタンタン。

タカタカタンタン！

「うるさい」

千鶴が心底迷惑そうな顔で洗面所へ移動した。「それ、やめてよ」と言いながら母は、炊き立てのご飯を茶碗によそっている。「小さい子じゃあるまいし……」

ん？

一瞬、大義の脳裏にひらめきが走った。

タカタカタッタ。

おもちゃの兵隊のようなリズム。

タカタカタッタ、タカタカタッタ。

これを速く何度も叩く。高揚感がある。勇ましい。戦いに出る感じがする。タカタカタッタ、タカタカタッタ、タカタカタッタ……。

「やめなさいってば」

母が呆れて茶碗をテーブルにドン、と置いた。

そうだ、このリズムを速く鳴らすと、どこかで締めが欲しくなる。

タカタカタッタ、タカタカタッタ、タカタカタッタ、ドン！

これだ！

急いで立ち上がり、二階へ引き返す。「大義!?」母の声を聞きながら、鞄から五線譜を引っ張り出し、手書きで音符を書いた。

「打楽器のリズムだ」

最初のドラムは、速ければ速いほどいい。続くドンドンドンの大太鼓は三連符。これを2回繰り返す。出だしは、これだ。

すぐにキーボードに向かいたくなる。このリズムに続くメロディ。今弾けば、何か出てくる気がした。時計を見る。7時25分。朝練は完璧にアウト。そして、あと10分で出なければ授業にも間に合わない。仕方ない。

大義は五線譜のノートを鞄に戻すと、再び階段を駆け下りた。

その日の授業は、全然耳に入らなかった。

「もし、この応援曲を甲子園で演奏するなら……」

大義の頭の中には、甲子園で演奏する吹奏楽部の姿がくっきりと描かれていた。

「トロンボーンは最前列だ、一番テレビに映る」

大真面目に大義は考える。

トロンボーンは前に大きくＵ字管をスライドさせるので、たいてい応援席では最前列にいることが多かった。もし今年、市船の野球部が甲子園に行けば、吹奏楽部は全員で応援に行くことができる。そうなれば、トロンボーンパートは花形だ。そこで自分の作った応援曲を演奏する。野球部の選手たちに神風を送る。ホームランが出る。

最高だ。

妄想は膨らんだ。

どうせ映るなら、かっこよく演奏したい。そういえば昔、誰かが「トロンボーンは、スライドするときがかっこいい」と自分に言ってくれたことがあった。それ以来、スライドをするときには、ぐっと腰を入れ、ちょっとためるようにスライドさせる。そのほうがかっこいいからだ（たぶん）。コンクールの練習でそれをやって、高橋先生に「吹くときはむやみに動くな！」と怒られたが。野球の応援ならハデなほうがいい。この応援曲で、トロンボーンが速くスライドすれば見た目にもかっこよくなるのではないか。

考えすぎて、チャイムが鳴ったことにも気付かなかった。

「浅野」

ふいに呼ばれてはっと顔を上げると、授業はとっくに終わっていて、先生も他のみんなも帰り支度を始めていた。大義を呼んだのは同じクラスの野球部員だった。

「今年も吹奏楽部、来てくれるんだろ」

彼は早口に言った。

「うん、でも俺たち3年生は行けないんだ、コンクールがあって。後輩が行くよ、1回戦から」

「そっか」

「準決勝まで行ったら、吹奏楽部全員で応援に行けることになってるからさ、頑張れよ。甲子園、行けよ」

「頼むな。最後の夏だからさ」

最後の夏——。

それは吹奏楽部も同じだ。大義はその言葉に強く感じるものがあった。それまでは特に意識もしていなかったのに、急に引退のことが目の前に迫ってきたように思った。このまま永遠に続くかと思われた吹奏楽部での日々が終わる。夏が過ぎ秋が来て、冬を迎えれば、確実に終わる。その日は必ずやってくるのだ。

「自分の足跡を残したい」

浅野大義という人間が、市船の吹奏楽部にいたのだ、という証拠を残したい。それがこの応援曲になるなら……。大義は荷物をひっつかむと音楽室へ走った。練習が始まる前にピアノを独り占めしたかった。


ソシソシドシドレ、ファー。

「うわ、しんどいよ、これ！」

マユが悲鳴を上げた。トロンボーンパートの３年生は、大義とマユの二人だけだ。大義が思いついた最初のメロディを彼女に吹いてもらうと、その激しいスライドにマユは笑った。

「でも、かっこいい」

大義はそのスライドの速さが気に入った。一人で吹いてもかっこいいのだから、パート全員でこの動きが合えば最高だ。大義は五線譜に書き込みをしながらニヤリと笑った。

「目立ってなんぼでしょ」

短調の四拍子。

疾走感のある速さ。なんとなく、形が見えてきた気がする。その日は、コンクールの練習も気がそぞろだった。早く帰って、メロディを作りたい。

作曲ソフトのおかげで、手書きせずに簡単に譜面が作れるのはありがたかった。メロディも打ち込めば、勝手にデモを作成して再生してくれる。何度も再生し、直し、再生し、を繰り返した。

ソシソシドシドレ、ファー、ソーレファソ、ファ、ミファミレー。

出だしのメロディはできた。

しかし、この出だしに続くメロディが浮かばない。

繰り返す？

とりあえずやってみるか。

何度でも繰り返せる。

終わらない。

何度でも繰り返せるというのは、野球の応援にはいいことだ。

1回のゲームの間流れ続けることを考えると、繰り返せないとか、繰り返しているうちに飽きるというものではだめだ。その点では、いいメロディな気がする。

とはいえ、6小節だけではいくらなんでも短すぎる。

大義は、最初の6小節に続けて、同じモチーフの8小節を追加した。応援曲にしては少し長めだが、これくらい主張したほうがいい。

問題は、終わり方だ。

野球の応援曲は、バッターが変わるごとに変えていく。だから、ゲームが動くと、応援曲も終わることになる。その「途中で終わる」感じをなるべくなくしたい。終わりも印象深くできればなおいい。

大義は想像してみる。

例えば、この曲が鳴っている回で点が取れたとしよう。その回の終わりは華々しいものがいい。選手たちに「よくやった！」と拍手を送るような。もし点を取れなかったり、チャンスを逃したりしたら、次がある！　と思わせられるようなものがいい。

……ということは、最後は明るく華やかなほうがいい。

ピカルディ終止符、か。最後の和音を半音上げたメジャーの音で終わらせる。

この曲の終わりに、ピタッとはまる気がした。

できあがったメロディラインをピアノで弾いてみる。

これは……。

かっこいい。自分で言うのもなんだが、こいつはめちゃくちゃかっこいい。

甲子園をかけた千葉大会予選は来週に迫っていた。

音楽準備室で、高橋先生に4枚の楽譜を差し出した。先生は「できたか」と感心したように言って、じっと楽譜を眺めていた。

「おい」

「はい」

「楽譜に作曲者の名前がない」

「あー……今度いれときます」

「長いな」

「長いですか」

「長ぇよ」

先生は、机の引き出しからマジックペンを取り出すと、中間の8小節にデカデカと×印をつけた。残ったメロディは、最初に思いついたあの6小節だ。あとは蛇足だ、と先生は言う。付け足しの8小節がばれてしまった……と舌を巻く。

この6小節に続けて、ドラムだけ残し、掛け声を入れてはどうかと先生は言った。速いリズムに合わせた掛け声だ。

「攻めろ、守れ、決めろ、市船！」

先生に次々と提案され、大義は感動した。自分が生み出したものはただの曲だった、それがどんどん応援曲になっていく。掛け声のリズムも最高だ。早く演奏したい。

先生は、タイトルを見て笑った。

「いいタイトルだな」

大義も、先生を見返してにんまりと笑った。何よりもこのタイトルが、一番気に入っていたからだ。

大義は満足気に、楽譜に書かれた、この応援曲のタイトルをもう一度眺める。

『市船ｓｏｕｌ』

これが、母校に残していく、自分の足跡だ。


「次は大義の曲をやってみよう」

全体練習で高橋先生がそう言ったとき、大義は背筋に一瞬びくっと緊張が走るのが分かった。「きた！」と思った。

大義は先生のもとへ行き、コピーした譜面を配る。

「大義の曲？」

「何、それ」

「大義、曲作ったの」

「え、応援の？　マジで？」

メンバーが口々に困惑のような驚きのような声を発する。

興味津々で譜面を見つめているみんなの顔。すぐに自分の楽器で吹き始める者もいる。大義は、なるべく緊張を悟られまいと悠々として見せた。本当は、心臓がバクバクしていたけれど、それを見せたくなかった。

自信はある、自信はあるが、みんながどんな感想を持つのか……考えると不安だった。大義は、各パートの顔色を、それとなく探る。

ヒロアキは、いつもの淡々とした表情で譜面を見つめている。

大義は隣へと視線を走らせる。サックスパートのユナが真剣な顔つきで楽譜を追っていた。全部でたった14小節のメロディ。各パートが次々に吹き始め、すぐに音は揃ってきた。

誰もが真剣に吹きこなそうとしている。その顔にからかうような笑いや、バカにした様子もない。大義は徐々に緊張がほどけていくのを感じていた。

ふいに、ヒロアキが声をかけた。

「これさ、クラリネットだと、出ない音がある」

「えっ!?」

大義は驚いた、そしてすぐに合点した。ソフトで作成したときに、各パートの音域をあまり考慮せずに打ち込んでしまったのだ。初歩的なミスだ。

「ごめん、すぐ直す」

しかしヒロアキは親指を立てて「大丈夫」のサインを送ってきた。

「こっちで馴染ませてみるよ」

「あ……うん、ありがと」

大義は嬉しくなった。ヒロアキは、何度か吹きながら音符を少し書き変え、パート内のみんなに指示を出している。

新しい感覚を覚えていた。

自分の作ったものを、誰かが演奏してくれているという感覚。

その喜び。

そうか、自分はこれが嬉しいんだ。大義は思った。

「やってみよう」

先生が声をかけ、軽く手をあげる。

疾走感のあるドラムの音が鳴る。ドンドンドン、という大太鼓の三連符を聞いただけで、勝てる気がする。

一斉にメロディが鳴る。

ぞく、と鳥肌が立った。

凄い、想像以上にかっこいい。

これが『市船ｓｏｕｌ』だ。

大義はえも言われぬ感動に浸っていた。これが、自分が作った曲なんだ。それをみんなが演奏してくれているんだ、そして多くの人が聴いてくれる。それがこんなに感動的で、充実感があって、喜びに溢れたものだとは。大義は初めて気付いた。

作曲家になりたい。

強く思った。

将来、かっこいい曲をたくさん作る。いろんな人に演奏してほしい、聴いてほしい。

このときから、それが大義の夢になった。

「かっこいい」

「完全オリジナルじゃん」

「良い曲」

「覚えやすいよ」

「凄い、大義」

演奏が終わると、みんなが次々に声をかけてくれた。大義は心の底から嬉しかった。

千葉大会予選。

市船の野球部はベスト16まで勝ち残り、そして、敗退した。吹奏楽部の3年生は、結局応援には行けなかった。だから、『市船ｓｏｕｌ』を最初にスタンドで吹けたのは大義たちの後輩ということになる。

「俺もスタンドで吹きたかったな……」

悔しがる大義に、ユナは言った。

「うちのクラスの野球部の子たち、みんな『市船ｓｏｕｌ』、大好きって言ってたよ。チャンスになると絶対ソウルが聴きたいって言ってた。あの曲、勝てそうな気がするもんね」

「だろ？」

「いい曲作ったね」

大義は少し照れる。

「来年も演奏してくれるかな」

「するよ、毎年演奏すると思う。伝統になるよ」

「伝統かあ〜、そうなるといいな……」

大義は、空を見上げた。

事件が起きたのは、夏の終わりのことだった。

マーチングコンテストの強化合宿。2日目の夜。

蒸し暑い夜だった。午後11時まで練習していたので、部員もヘトヘトだった。マーチングは本当にきつい。楽器を演奏しながら一糸乱れぬ隊列を見せていくのは見た目以上に重労働だ。ヨサコイの大旗で痛めた腰がまだ完全には癒えておらず、人一倍疲れた大義は、誰よりも早く寝床に入って寝息を立てていた。

午前3時頃。

すぐ傍で、何やら騒ぐ声がして大義は目が覚めた。首を起こすと、同室の赤ジャの男子たちが「やばい」「やばい」と繰り返している。

「どけ、お前ら死ね！」

誰かが喚く声が聞こえてきた。大義は、ぼんやりした頭のまま上半身を起こす。

「どした？」

「大義、ユースケがやばい」

「え？」

ヒロアキの切羽詰まった声に、大義は頭を振って無理やり目を覚ました。見ると、本当にユースケが、自分たち3年生の部屋に乱入して喚きながら部屋中をウロウロと歩き回っている。まるで檻の中のライオンのようだ。

普段、ユースケは先輩にも礼儀正しく、口数少ない。間違っても3年生の部屋に乱入してきてこんな罵倒を繰り返すようなことはしない。

いったいどうしたというのだろう。ユースケは部屋中の荷物や布団を投げ散らかし、蹴ったり叩いたりしていた。そして繰り返す罵倒。

「ユースケ」

声をかけてもまったく聞いていない。大義は立ち上がり、ユースケの肩を後ろから摑むと、物凄い勢いで腕を払いのけ、「触んな、死ね！」と怒鳴られた。まるで何かにとり憑かれたようだ。大義は言葉が出なかった。

ふと、ユースケが動きを止めた。大義がさっき寝る前に脱ぎ捨てた練習着を見つめている。そしてストンと床の上に腰を下ろした。練習着に手を伸ばしたかと思うと、静かに、丁寧にたたみ始めた。

「!?」

その場にいた誰もが一瞬固まってしまった。ユースケは、大義の練習着を丁寧に一枚一枚、きれいにたたんだ。

「……あ、ありがとう……」

大義は思わず礼を言う。ユースケは、大義の服をたたみながら、そのまま身体を折るように床に横になり、急に寝息を立て始めた。


翌朝。

ユースケは何も覚えていなかった。どうして自分が3年生の部屋で眠っていたのかも覚えておらず、目が覚めて大義の布団で寝ている自分に気がつくと、かなり狼狽(ろうばい)した。

大義が昨日のことを言って聞かせるが、顔を真っ赤にして「すみません、覚えてないです」を繰り返すだけだった。その日、高橋先生はユースケを呼び、長い時間二人で話をしていた。練習に戻ってきた彼の目が涙に濡れているような気がした。

その話の内容は、大義も知らない。知りたかった。ずっと一緒にいた後輩だ。けれど、聞くことはできなかったし、ユースケも話そうとはしなかった。

大義は黙ってユースケが自分から話すのを待った。が、結局彼は何も話さなかった。

ユースケの行動は、夢遊病(睡眠時遊行症)であったことを、大義は後になって高橋先生から聞いた。ユースケは、複雑な家庭環境の中で悩んできたという。一時は、部活をやめようとすら思っていたらしい。

それから彼の症状が出ることはなかったが、大義は、すぐ身近な存在であったユースケが、一人悩み苦しんでいたこと、それを今までまったく知らなかったことに衝撃を受けた。知り尽くしていると思い込んでいた弟のような彼が抱える、深い闇の部分を見せられた思いがした。

それに気付けなかった自分の幼さをも、大義は思った。


大義たちがなんとしても取りたいと願ってきた吹奏楽コンクール全国大会出場権。そのわずか３枠をかけた東関東大会が、やってきた。

朝から大義は緊張してワタワタと落ち着かなかった。制服を着て玄関へ行ったかと思えば鞄を忘れ、次には財布を忘れて二階へ上がり、今度こそ行こうと思いきや、

「携帯忘れた！」

再び二階へ駆けあがる。

絶対に全国大会に行く。

赤ジャの30名はそう誓って毎日を闘ってきた。他校では、実力が優先され、３年生でも下級生にコンクールの出演枠を取られてしまうことも珍しくないそうだが、市船は高橋先生の方針で、上手かろうが下手であろうが３年生は全員コンクールに出場する。どれだけ下手でも

出る。そして、出るからには結果を求められる。嫌でもプレッシャーと向き合わねばならない。

大義たちの目標は全国大会出場。

全国大会常連校である習志野高校や市立柏高校に勝つのは並大抵のことではない。最後のコンクールなのだ。どうしても勝ちたい。大義は吐き気がするまで吹いた。指に血がにじむまで吹き続けた。仲間同士でも妥協を許さない。思ったことはすべて言い合うので、ギスギスすることもあり、胃が痛くなるような毎日だった。

絶対に結果を残したい。良い演奏をしたい。その一心だった。

大義は限界まで自分に挑戦した。

運命の決戦の日なのである。


本番。ステージへ入場するときからいつもと様子が違っていた。大義たちは固くなりすぎて、それが逆に物を言わないヒューマノイドのように統率が取れた動作につながり、無駄のない動きで全員が席に収まる。高橋先生までもが、なんだか無表情な顔をしているように見えた。

音合わせが終わり、ピンと張りつめた沈黙が訪れた。

全員の緊張が客席に伝わる。スッと手を上げる先生。さっと楽器を構える部員たちの呼吸も一つになっている。全体の集中力が高まっているのを感じた。

始まる――。まるで闘うように指揮棒を振る高橋先生。そして、その一点だけに集中する大義たちの目線は、ただ必死だった。堀田庸元作曲『プレリュードとフーガ』。

勝ちたい、勝ちたい！

一点のミスも許されないという気迫で音を鳴らし続けた。

曲はティンパニの、堂々たる響きで終わっていく。

高橋先生が指揮台から降りると、会場から割れんばかりの大きな拍手が聞こえた。

大義は確信した。最高の演奏だった、今年は全国に行ける！

行ける。

審査発表の時間がきた。

「市立船橋高校、ゴールド、金賞」

わあ！　と歓声と拍手があがる。しかし、舞台上で審査員から表彰状と楯を受け取るユナとミハルの表情はまだ固いままだった。ここからが問題なのだ。全国大会に進めるのは、金賞を取った学校の中からわずか３校。

舞台に、出演校20校以上の代表者を残したまま、全国大会の出場校が発表された。

「習志野市立習志野高等学校」

「柏市立柏高等学校」

「――――」

大義には、緊張のあまり3校目の名前が聞こえなかった。きゃああと喜ぶ会場の部員たちの声。聞こえなかった大義は、周りを見た。

わあああっと泣き崩れる子がいた。

舞台上のユナを見た。泣いていた。

ミハルも泣いていた。

泣きながら、2人はゆっくりと舞台上から退場していった。舞台の中央では、全国大会出場の切符を手にした他校の部長たちが、喜びに浸りながら会場に笑顔で挨拶をしていた。

高橋先生がふうっとため息をつくのが目に入った。

ダメだったのだ。

どうして……。

あんなに練習したのに。あんなに必死で演奏したのに。あんなに闘ったのに……。素晴らしい演奏だったと思う。あれ以上ない出来だった。なぜ結果がついてこないのか。

悔しい。本当に、心の底から悔しかった。

どれほど練習してもうまくならない演奏。何度ミーティングしても解決しない問題。ついてこない結果。市船の吹奏楽部に入って以来、体験した素晴らしい感動と共に、悔しさも何度も味わってきた。だが、この悔しさはその中でも断トツだ。

大義は必死に心の中で自分を説得し続けた。

結果がすべてではない。この期間、どれだけ頑張ったか、誰よりも自分が覚えている。努力は、いつか必ず返ってくる。どんな形かは分からないけど、いつか必ず自分を照らす光になる。そうだ、そう信じよう。


コンクールのショックから立ち直る暇も与えず、市船の活動は次々と続いた。マーチングコンテストや数々のコンサートをこなしているうちに、あっという間に11月。定期演奏会がやってくる。

大義は、将来の夢を音楽に定めた。

進路の第一志望は尚美学園大学作曲専攻。作曲を本気で勉強したいと思ったのだ。

「音楽の先生になりたいんですよね～」

進路面談で、大義はそう担任に言った。

「吹奏楽部の顧問になって、『吹劇』作りたいんです」

大義たちの引退公演ともなる定期演奏会。

その年の吹劇のタイトルは『Ａｍａｚｉｎｇ　Ｇｒａｃｅ～地球の詩～』。地球誕生、自然への畏怖、やがて人間も地球という巨大な歴史の中では塵のような存在にすぎないという結論にたどり着く。それを確かな演奏と力強い合唱で聴かせる大迫力の演目だ。

吹劇を作りたい、だから作曲を勉強する。音楽の先生になる。大義の将来は、そのまま高橋先生の姿に投影される。

大義には、自分の将来が音楽の先生という選択はとても素敵なことに思えた。高橋先生のようなカリスマ先生にはなれなくとも、楽しく曲を作って、生徒たちと歌ったり踊ったりして、時折高橋先生のところに訪れて教えを乞う。

そんな情景は考えやすいものだった。そうなれたらいい。が、なぜかこのとき、そうならない予感のほうが強くしていた。自分の将来は、何かまったく違う、思いもしなかったような道に進むのではないか……そんな気がした。

いよいよ引退だ。

その実感もないままに、日々だけが高速で行き過ぎていった。

あとひと月、２週間、１週間……。迫りくるカウントダウン。定期演奏会まであと５日と迫った日の夜、帰宅した大義に、ふと母が問うた。

「大義」

「ん？」

「やめる準備は、できてる？」

「え、どういうこと」

コーラのボトルを傾けながら大義は聞く。

「心の準備っていうか……だって、定演が終われば、来年から行かなくなるんだよ、吹奏楽部には」

「うん」

「考えられないでしょう」

「うん……まあ、でも」

大義はコーラを一気に飲み干すと、笑顔を作って母に向き直り、言った。

「終わりは必ず来るんだから」

そう、それは高橋先生がいつも口癖のように言っている言葉。

終わりがあるからこそ人生は素晴らしい。

部活も同じだ。引退があるからこそ、今日の一日に全力を尽くす。薄っぺらな一日ではなく、分厚い一日を過ごせるよう努力するんだ。


12月23日。松戸森のホール21。

ここが、大義たちの最後のステージだ。

市船吹部生にとっては、定期演奏会の引退式が卒業式みたいなものだ。これで高校生活のすべてが終わるといっても過言ではないのだ。

それほど市船吹奏楽部での毎日は濃かった。楽しいことよりも、つらいことや苦しかったことのほうが多かっただろう。だからこそ、今日このステージで輝ける。

幕が開く5分前。

大義たち赤ジャの30人はステージ裏で、しっかりと輪になった。

「今までありがとう」

ユナが力強く言った。

「正直、つらいことのほうが多かったかも、でも一緒に経験したことは一生残るよ」

ミハルが笑顔を作った。それを隣で聞いていたヒロアキも笑顔になる。

「市船に来てなかったら、弱い自分と闘えなかった。人から支えられてるってことを感謝できずに過ごしていたと思う」

ユナの言葉に頷き、大義は全員を見渡した。これが最後。最後の「市船魂」。

「最高の時間にしよう」


ショスタコーヴィチで幕を開けた大義たちの演奏は、まるで弾けるようだった。舞台から若さがほとばしる。楽しい。心底楽しい。コンクールのときとは違い、めいめいに個性を爆発させ、心を合わせた音楽。大義は、音楽の世界に身を委ねるように、大きく身体を揺らしながら吹いた。音楽に没頭できる喜びを全身から発して。

クライマックスは、コンクールで苦しんだ、あの『プレリュードとフーガ』。全員が苦しみの壁を乗り越えた思い出の曲。乗り越えた先に涙を流した、あの曲。

これが最後。

高橋先生との音楽の時間も、市船の仲間との演奏も。

最後の一音まで、最後の一音まで丁寧に。

高らかに誇り高くトロンボーンを吹いた。

曲が終わった瞬間、拍手と歓声に包まれた。大義は放心状態だった。溢れる涙を拭うこともなく、ユナたち30人が舞台前方で一列に並ぶ。

「私が一番緊張する瞬間です」

高橋先生はそう言って、マイクを握りしめ、30人の名前を一人一人呼んだ。

「浅野大義」

「はい」

先生に呼ばれ、大義は一歩、前に進み出た。友人や先輩たちが声援を送ってくれる。大義は一瞬照れて、ぺこりとお辞儀した。

終わった。これで本当に終わったのだ。

さよなら、市船吹奏楽部。


卒業式の日は、段取り通りあっさり終わった。

定期演奏会で燃え尽きた吹奏楽部の3年生にとっては、1月から3月までの期間は付け足しみたいなものだ。

卒業式が終わった3日後、大義はなんとなく思い立って市船へと足を向けた。たった3日しか経っていないのに、卒業した身にとって、そこはもはや自分の居場所ではなかった。

中庭を通ると、吹奏楽部の演奏の音が聞こえてくる。引退して3か月。すでに懐かしい。

高橋先生に会いに行こうかと思ったが、どうも気が引けてやめた。

# 第四章　告別式まで2日

# 母・桂子／2017年1月19日

「癌の疑いがあります」

主治医からそう聞かされた、あの瞬間を忘れることはないだろう。

勤務先の病院。一瞬、卒倒するかと思った。

「なんですか……それ……」

「ここでは詳しい検査ができなくて、この肺の影がなんなのかが分からないんです」

主治医がレントゲン写真を見ながら難しい顔をする。少しでも早い転院を、と言い、紹介状を用意してくれた。

私はそれを大義に告げることはしなかった。まさかそんなはずはない、息子はまだ19歳なのだ。ありえない。

つとめて「普通に」ふるまった。大義にばれてしまわないように。普通に、普通に。

だが、大義は何かに気付いてしまったようだった。病室のベッドに横たわる大義が言った。

「お母さん」

「ん？」

「眠れないんだよね」

「……なんで」

「いびきがうるさい」

大義はちらっと横の患者を見る。私は思わず笑う。

「耳栓でもする？」

「いい、音楽聴くから」

「おやすみ」と言って帰ろうとすると、大義は再び私を呼び止めた。しかし、何か用事があるわけでもない。「おやすみ」と言って手を振る大義に、心が締めつけられる思いだった。

あの日のことを、私は決して忘れられない。悪夢のような宣告を受けたあの日。大義は不安そうな顔で私を見送った。


そして今、闘いを終えてここに眠っている。

1月19日。告別式まで、あと2日。

朝から愛来さんが訪ねてきた。「今日は授業が午後からなので」と言って、愛来さんは大義の顔を覗き込み「おはよう」と微笑む。

「お母さん、ちゃんと食べてますか」

愛来さんは私の体を気遣った。そういう彼女も、ここ数日でずいぶん痩せた気がする。家族の他に大義の死を分かち合える相手がいることに感謝すると同時に、彼女につらい思いをさせて本当に申し訳ないと思った。

「大義と結婚したいと思っていました」

愛来さんは静かに言った。

「結婚？」

「はい」

予期せぬ告白に戸惑う。

まさか、18歳で結婚を考えるなんて。若いうちは、感情だけでどうにかなる、と思うことはあるだろう。そうした感情が先走った「結婚」なのだろうか。

いや……。年齢は関係ない。

愛来さんの真剣な目に、そう思い直す。大義と愛来さんは、きっと本気で想い合っていたのだろう。5歳だったあの夏の日、剣道の先生のスキンヘッドが怖くて泣いていた、小さかったはずの息子が、いつの間にか一人の女性を守りたいと思うような大人に成長しようとしていたのだ。

私は、ずっと彼女に聞きたかったことを切り出した。

「二人はどうやって出逢ったの？　……大義の……どこが好きだった？」

愛来さんは少しはにかみながら、大義と最初に会った日のことを話してくれた。それは私には見せたことのない、息子の姿を教えてくれた。

## 2015年・夏　宮田愛来・高校3年生

「字、うまいの？」

急に話しかけてきたことに愛来は面食らった。愛来たちの高校の音楽室は市船ほど大きくない。休憩時間だったけれど、突然の声に他の部員たちが二人に視線を向けた。

「大義」と紹介された、ひょろっとした細身の「先輩」は、愛来より二つ年上。大学生だ。今日は、愛来の中学の先輩であるユナが、夏休みを利用して彼女の高校の吹奏楽部に楽器を教えに来てくれていた。「大義先輩」はそのユナにくっついてやってきた。トロンボーン奏者だというが、さっきから自分たちの演奏をニコニコと聞いてばかりで、ちっともその音色を聞かせてくれない。ユナ先輩はうまいって言うけど、本当は大したことないんじゃないのかなあ……と、愛来はボンヤリと思っていた。

「字がうまいって聞いたんだけど」

戸惑う愛来にはまったくお構いなしといった様子で、「大義先輩」は続ける。ついには隣に座って自分の楽譜を広げ、愛来の譜面台に置いた。

「書道はやってますけど……」

愛来は遠慮がちに答える。「そっか」と言いながら、大義は自分の筆箱から筆ペンを出すと差し出した。

「俺の名前、書いてよ」

変な人。書道が得意であることをどこから聞きつけてきたのだろう。だいたい今は吹奏楽部の練習時間で、書道など関係ない。初対面でお願いすることだろうか。

「いいですけど……」

筆ペンを受け取った。「名前、教えてください」と言うと大義は「知らないの？」とでも言わんばかりに大げさに驚いて言う。

「大義だよ、浅野大義」

『浅野大義』

実際、書道には自信があった。いや、自信があるどころか将来は書の先生を目指しており、進学先も資格取得のための勉強ができる大学に決めていた。

浅野大義、と書いた譜面を渡す。

「うわ……」

大義は素直に感心した。

「ありがとう」

嬉しそうに笑顔を向ける。愛来は少し意外だった。いきなりずけずけと他人の領域に入り込んでくるような人が、こんな顔で笑うんだ。

「練習再開します」というパートリーダーの声で全員が席に戻る。大義もユナのもとに戻り、再び練習を見守る。愛来は吹きながら、大義がずっとこちらを見ていることに気付き、恥ずかしくて彼を見返すことができなかった。

やがて大義は立ち上がり、愛来の背後にいたトロンボーンパートの子たちにアドバイスを始める。愛来はユナの指導を受けながらも、耳は知らず知らずのうちに大義の声に吸い寄せられていた。

「ちょっと貸して」

大義はそう言って部員のトロンボーンを借りると自分のマウスピースをはめた。

「例えばこの音は……」

と言いながらU字管をスライドさせる。

ファアーーーー。

部屋中に響き渡る深い音色だった。愛来は思わず大義を振り返る。

大義は音を出しながらスライドの仕方を教えている。深く、優しく、温かくて、まっすぐ心に届いてくる音。

（こんな音を出す人なんだ）

大義の音色は強烈に愛来の耳に残った。

「先輩、今日はありがとうございました！」

全員から礼を受け、ユナと大義は礼を返して、帰り支度を始めた。

愛来たちも楽器を拭いてケースにしまう。

「宮田さん」

大義の声がした。はっと顔を上げると、大義がＡ４の紙をひらりと愛来の目の前に差し出した。

「名前書いてくれたお礼に、俺も書いた」

そう言って笑う。愛来は受け取って、びっくりした。いつの間に書いたのか、紙一面に達筆で『宮田愛来』と書かれている。

その字の見事なこと。

太く滑らかで堂々と自由だ。特に『愛』の字はひときわ大きく、優しい。こんな字を書く人を愛来は見たことがない。

（こんなに上手なくせに、どうして私に書かせたの）

意地悪だなあ、と愛来は思った。

（そういえば、名前）

下の名前を名乗っていないのに、大義はちゃんと知っていた。それに気付き顔が熱くなると同時に、ユナと並んでこちらに手を振って部屋を出ていく大義の姿を、愛来は目で追わずにはいられなかった。


その日の帰り、部室の片付けを済ませてから学校を出た。顧問の先生と少し話をしていたために一人帰るのが遅れ、日は落ちてあたりは薄暗い。

夏の黄昏(たそがれ)時が、愛来は好きだ。

昼間の猛暑を耐えたご褒美なのか、少しだけ涼しい風が空から吹いてくる。街の明かりが夜の活気を灯す。夏の黄昏は、一日の終わりなのになぜか、何かが始まるような予感に満ちている。

ふと、校門の傍に佇(たたず)んでいる人影を見つけた。

まさか、と愛来は思った。まさかそんなはずはない、だってとっくに帰ったはず――。

「お疲れ」

大義が軽く手をあげた。

「お、お疲れ様です……」

愛来は何をどう話していいか分からない。その前にまず、大義の顔がちゃんと見られない。

これは黄昏時のせいではない。

「送るよ、駅まで」

大義は愛来の一歩前を歩き出す。

「はい」

そう言って歩き出したものの、何を話していいのか分からなかった。何か話さなきゃ、話さなきゃ……。

「大義先輩」

「ん？」

「書道、どこで習ったんですか」

「小学生のとき、２〜３年」

「それだけですか」

「うん」

「凄いですね……」

「うん、師匠がいるから」

「師匠」

「高橋先生」

「……あ」

市船の高橋先生の書の達筆さは噂に聞いていた。吹奏楽もできて、書もできる。そんな話を聞くと、市船に行ってみたかったと思う。だがもし市船に行っていたら、きっと音楽が楽しくて、書の道を選ばなかったかもしれない。そう思うと、今自分が歩んでいる道が正解のような気がした。

駅が見えてきた。大義の家はどこなんだろう、ここから、どこまで一緒に帰れるのかな……愛来はそんなことをぐるぐると考え、さらに口数が減っていた。改札前まで来て、くるっと踵(きびす)を返した大義は、真剣に愛来の顔を見つめた。街のネオンが大義の瞳に反射して見える。じっと見つめられて、愛来はどうしていいか分からなくなった。

「宮田さん」

「……はい」

「好きになってもらうのは、今からでいいから。いや、俺が好きにさせるから」

「え？」

「俺と付き合って」

一瞬、何を言われたのか分からなかった。

愛来は大義の顔を見つめた。大義は今自分の言ったことが分かっているのかいないのか、飄々とした態度でもう一度言った。

「俺と付き合ってください」

口から先に返事が出ていた。

「……はい」

大義は、その声を聞いて、安心したように笑った。

「行こう」

大義の後について愛来は改札を通った。彼の背中を見つめながら、愛来はもう一度「はい」と答えた。


「うっはぁ、大義と!?　マジで!?」

予想通りのリアクションに愛来は苦笑いをして頷いた。

あの電撃的な告白から1週間が経った、夏真っ盛りの日曜だった。冷房の効いたカフェの窓際で、ユナはもう一度「ウケる！」と笑ってカフェオレを飲んだ。

「やっぱり……早まった感じですかね……」

「大義がだいぶフライングだね」

「私、びっくりしたんですけど、でも……大義先輩嫌いじゃないし」

「あいつ、めっちゃ優しいよ」

「……はい」

「全然ありだと思う。でもパインは3年だから、そうそう遊んでもいられないから、その辺さえ気をつけていれば」

ユナは中学時代から愛来のことを『パイン』と呼ぶ。愛来が異常にパイナップルが好きなせいだ。愛来はユナの言葉にいちいち頷く。

「大義先輩は優しいです、でも……」

「でも？」

「まだ私にはよく分からない、というか得体の知れない……」

「あははっ。何考えてるか分かんないもんねえ」

「はい」

「でも」

ユナは座り直して姿勢を正すと、先輩らしい顔つきになった。

「大事なのは、パインが大義を好きかどうか」

「……」

愛来はユナを見つめる。

「その気持ちに嘘がないなら応援する。でも違うなら、ちゃんと話したほうがいい」

愛来はじっと考えた。

大義のことは、好きだと思う。あの日、初めて会った日も大義の姿ばかり追いかけていた。こんなことがあるのか、と思ったくらいだ。1週間経った今も、ＬＩＮＥが届くたびに胸が高鳴る。電話をくれれば、正座して受けてしまう。これは、好きと言えるんじゃないだろうか。

ただ、大義は自分の気持ちをあまり人に言わない、ということも分かってきていた。あのとき言われた「付き合って」という言葉以来、気持ちを表現する言葉を言ってくれない。一度も「君が好きだ」と言われていない。そこになんとなく、わずかな不満と不安があった。

大義の大学の音楽室に呼ばれたのは、付き合い始めて2週間後のことだった。大学に行く、ということ自体、愛来にとってはわくわくする出来事だ。学校見学も兼ねて……という気持ちで、川越市にある尚美学園大学へ足を運んだ。着いた瞬間、そのだだっ広い敷地に愛来は驚く。大きな校舎の屋根に、夕日が落ちていく。これが大学か、と愛来は深呼吸した。早くい。

卒業したい、早く私も大学生になりたい。愛来は思った。早く、大義と釣り合う年になりた

大義に指示された教室へ向かう。エレベーターに乗って4階で降り、廊下を歩く。ほとんどの教室は誰もいないようだったが、一部屋、明かりが漏れている部屋がある。小窓から覗くとピアノを弾いている大義の姿を見つけた。

入ろうとして躊躇する。大義の他に誰かいる。

ノックすると、大義が立ち上がってドアを開けた。

「入って」

笑顔で迎えてくれる大義の後ろから、ちょっと驚いたような顔をした男子が愛来を見つめていた。

「あ、こいつユースケ。俺の後輩」

大義は満面の笑みでピアノに戻る。ユースケは「どうぞ」と小さく言って、愛来に椅子をすすめた。愛来も会釈して椅子に座る。大義はスマホのカメラをユースケに向け動画撮影を準備する。

「もっかい、もう一回撮ろう」

「撮るのはいいすけど、絶対Ｔｗｉｔｔｅｒとかにアップしないでくださいね」

「はいはい」

「マジで」

「はいはい」

「いや、するでしょ、無断で。こないだもしたでしょ」

「したっけ」

「しました」

「そっか、ははは！」

ユースケと話しているときの大義は心底楽しそうだ。こんなふうに大笑いする大義を、愛来は見たことがなかった。自分といるときはいつもちょっとスカしてて、クールな感じだからだ。

新鮮な気持ちで黙って二人を見ている愛来に、ユースケは真面目な顔で「すいません」と言った。

突然、前触れもなく大義がピアノを弾き始める。あ、この曲。あまりにも有名な曲だ。レディー・ガガの『Ｂｏｒｎ Ｔｈｉｓ Ｗａｙ』。確か昨年の市船『吹劇』でテーマ曲として使用されていた。愛来も定期演奏会を観に行ったからよく覚えている。大義のピアノに合わせてユースケが歌う。

ユースケの歌声はよく通って、しかも少しだけハスキーだ。独特な低音が心地良く響く。世界中に知られた歌なのに、ユースケが歌うと彼の曲のように聞こえた。短いフレーズで、二人は演奏を終えた。愛来は夢中で拍手した。もっと聴いていたい感じがした。

「俺、行きます」

ユースケが鞄を持ち上げて言う。

「おう、また明日」

「先輩、明日何限からすか？」

「2限」

「じゃ、朝霞台で待ち合わせましょうよ」

「ん」

ユースケは、愛来に会釈してドアに手をかけ「今の、マジでアップしないでくださいよ！」と念を押し、出ていく。大義はスマホを取り、「そう言われるとアップしたくなるんだよな〜」と嬉しそうにつぶやいた。愛来はそんな大義をじっと見つめる。

「ユースケはさ、俺を追っかけて、尚美入ったんだよ」

「そうなの？」

「うん、中学のときから、俺のことばっか追いかけてる」

「へえ……」

大義は、今、ユースケは声楽を勉強しているのだ、しかもそのきっかけは市船で合唱をやったことなんだ、としゃべりながらピアノに向き直ると、指先を滑らせてバラードを弾き始めた。美しい旋律だ。

「それ、なんていう曲？」

愛来が聞くと、大義はふふんと笑った。

「愛来」

「え？」

「愛来のテーマ」

ぽろぽろと流れるような美しいメロディは気まぐれに、心地良く、上へ流れ下へ流れ、大義の指先から紡がれては消えていく。

そういえばユナから、大義が高校時代、彼女に曲を作ったという話を聞いた。思わず笑うと、大義は気付いて手を止める。

「なに？」

「なんでもない」

「変な曲だった？」

「ううん、すごく綺麗」

「気に入った？」

「うん」

大義は安心したように、再び鍵盤に指を滑らせた。細くて長い指。軽くスウィングする身体。

そういえば、大義がピアノを弾く姿を間近で見るのは、これが初めてだ。ピアノが弾ける男子はモテる、とよく言うがそれは本当かもしれない。弾いているときの大義は普段よりもいっそう優しく、色っぽく見える。

大義の旋律は静かに、穏やかに変化していった。

もしかして……と愛来は思う。

大義は、実は口下手なのではないか。いつも軽口を叩いて、おしゃべりをしているように見えるが、本当は自分の本音をなかなか言葉にできない人なのかもしれない。だから、自分の想いを音楽にのせて表現しているのかもしれないと。

そうだとしたら、今、彼が即興で弾いている「愛来のテーマ」は、彼から愛来への精一杯の「好き」なのだ。

そう気付くと、愛来の胸に大義のメロディは一音一音がよりクリアに響いた。何度も「好きだよ」と言われているようで、照れくさく、嬉しい。愛来は目を閉じた。いつまでもいつまでも、この時間が続けばいいと思った。

広いキャンパスを歩き始めた頃には、もうすっかり日が暮れていた。愛来は空を見上げる。くっきりと輪を描いた満月が輝いている。

「満月」

愛来が指を差すと、大義も見上げてため息をついた。

「月を見ると、帰りたくなるんだよなあ」

「え、どこに？　月に？」

「うん、俺、月から来たからさ」

またくだらない冗談……愛来は呆れながらも、大義との距離がぐっと近づいているのを感じた。もっと傍にいたい。もっとこの人のことを知りたい。愛来は、そっと彼の腕に寄り添った。大義は応えるように愛来の肩に手を回す。次の瞬間、ふわっと愛来の視界が遮られた。大義は、そっと愛来にキスした。愛来は目を閉じる。頭の中に、さっき大義が弾いてくれたピアノの旋律が蘇った。

ゆっくりと話す、愛来さんの言葉に思わず私は目を閉じた。

普通であればひどく恥ずかしく、落ち着いて聞けるものではないのかもしれない。10代の恋愛。しかも息子だ。

青く、初々しい。どこにでも普通に起こりうる、小さな出逢い。

その「普通」が――どれほど尊いことか。

普通である、ということ。

◆

誰に聞いたって大義は、普通だった。

大学に入り、音楽の先生、そして作曲家を目指す夢を持った若者だった。

ウインドミルオーケストラの楽団員となり、練習に勉強にと明け暮れる若者だった。

ちょっと長めの前髪にこだわりがある若者だった。

ちょっと行き過ぎたロマンチスト――いやナルシストかな、そんな恋愛をする若者だった。

愛来さんの話も、ユナさんの話も、ミハルさんのも、ヒロアキくんのも……みんなが話す大義は、等身大の命を生きている普通の20歳の姿をしていた。

それが、普通じゃなくなったのは……あの夏だ。

愛来さんを見送った後、私は手帳を取り出した。

『２０１５年10月1日　千葉大学医学部附属病院。肺癌と診断される』

何度見返しても、寒気のする言葉。私はそれからの彼の闘病記録を箇条書きで手帳に綴っていた。少しでも冷静に現実と向き合いたかったからかもしれない。

２０１５年10月２日～18日、抗がん剤治療（１クール目）
10月21日～27日、抗がん剤治療（２クール目）
11月11日～17日、抗がん剤治療（３クール目）
12月２日～８日、抗がん剤治療（４クール目）
２０１６年２月７日、入院。
２月９日、縦隔腫瘍切除、右肺腫瘍切除の手術。
２月18日、退院。
２月20日、傷口感染のため入院、治療。
４月４日、完治、退院。
５月半ば、頭痛を訴えＣＴ検査。脳腫瘍を確認。

5月21日、入院。

5月30日、脳腫瘍切除の手術。

6月13日、抗がん剤治療。

7月9日、退院。

8月24日、痙攣(けいれん)を起こし救急車で千葉大学医学部附属病院へ。脳腫瘍の再発見つかる。

8月26日、一時退院。

9月1日、入院。

9月7日、脳腫瘍切除の手術。

9月20日、放射線治療。

11月3日、退院後、経過観察。

12月8日、CT検査。肺に再発が見つかる。

12月11日、脊椎への転移が見つかる。

12月16日、入院。緩和治療。


何度も手術した。何度も抗がん剤を打った。闘っても闘っても病魔は大義から離れてはくれなかった。

そして２０１７年1月12日。やっと息子は苦しみから解放された。あり余る若さと引き換えに。

また涙がこぼれそうで、慌てて私は手帳を閉じた。

それまで当たり前だった「普通」が引き裂かれる日が来るとは思いもしなかった。

あまりに突然だった。

誰も想像もしていなかった。

私は、一生忘れないであろう、1年半前の夏の終わりを思い出した。

## 2015年・夏　浅野大義・大学2年生

夏の終わり。

ヒロアキのワゴンに乗るには多すぎる人数が集まった。

「誰か降りろ、電車で行け」

「やだよ」

「ミノリは小さいんだから、大義の膝に乗ればいいじゃん」

「いいよ〜乗れよ〜」

「私は子どもか」

市船吹部の赤ジャが集まるのは1年半ぶりだった。同窓会を兼ねたバーベキュー。しばらく会っていないメンバーとも、顔を合わせれば一気に高校時代に戻ることができた。

その日は、肉を焼いたり、歌ったり、笑ったり、ふざけたり、とにかく大騒ぎした。この日を大義も楽しみにしていたのだが、いかんせん朝から体調が悪い。胃のあたりがムカムカして吐き気がする。

「胃腸炎らしい」

大義は渋い顔をしてコーラを飲む。

「あ〜、肉食いたい」

「今日はしゃーない、野菜食え」

「絶対食べません」

大義はヒロアキが大量に皿に盛ってくれた野菜を拒否し、胸に下げた一眼レフを持ち上げた。祖父から借りたものだった。

「今日はカメラマンに徹するわ、俺」

そう言って、ソーセージにかぶりつくヒロアキの顔をカメラに収める。女子が駆け寄ってきてカメラの前でVサインを作る。大義は次々とシャッターを切った。

数日前から、下痢と吐き気が続いていた。薬を飲んでも良くならない。バーベキューから帰った日の夜、大義は愛来に電話していたが、今度は咳が止まらなくなってきて早々に電話を切る。タチの悪い風邪にかかったな、そう思って布団に潜り込んだ。

風邪薬をもらって帰るつもりで、母の勧める総合病院で診察を受けた。しかし、一通りの診察を受けた後、先生は肺疾患の疑いがあると大義に告げた。

「検査入院してください」

大義は正直、驚くと同時に「面倒くさい」と思った。なぜわざわざ検査のためだけに入院しなければならないのだろう。明日はオーケストラの練習日だし、友人からクラリネット四重奏の作曲を頼まれているところだし、今けっこう忙しいんだけどな……。

しかし先生はさっさと母親に連絡して、大義は入院させられてしまった。

愛来が病院にやってきたのはその翌日だった。その頃、大義の声はガラガラにかすれてしまい満足に話せなくなっていた。

「筆談しよ」

愛来はいつもの笑顔でノートを差し出す。それはそれで新鮮で楽しく、二人でノートに落書きをしたりして遊んだ。

そのとき、先生に話を聞きに行っていた母が、病室に帰ってきた。

「大義」

母の声は少し震えていた。

「病院、変わったほうがいいみたい」

「え？」

「ここだと、原因が分からないんだって」

「なんで」

「それが分からないから、行くのよ」

「どこの病院？」

「千葉大学医学部附属病院」

「……ふうん」

大義は、特に表情も変えずに聞いた。愛来が一瞬笑顔をなくし、じっと大義と母の顔を見つめていたが、大義を見るとにっこり微笑んだ。大義は愛来に微笑み返した。


暗い予感がした。

不安が津波のように押し寄せ、しばらくすると引いていき、かと思えば再び押し寄せる。

夜になり、母が帰宅していなくなると、大義は耐えられず、ヘッドフォンをつけた。大好きなマーラーを大音量で聴く。横になる。どれだけ大音量で聴いても、音楽の世界に没頭することができない。

大義は起き上がる。

五線譜を引っ張り出す。何か、曲を作ろうと思った。音符を書けば、気が紛れる。愛来。

そうだ、愛来に曲を書こう。

だけど。

鉛筆を持つ手が、ぶるぶる震えているのを感じた。

怖い。

大義は、はっきりと感じた。そうだ、今、物凄く怖い。

大学病院ほどの大きな病院でなければ分からない病気とは、何なんだろう。もしかして、取り返しのつかないような病気なんじゃないだろうか。まさか、まだ19歳なのに……？

怖い。自分は、いったいどうなってしまうんだ。

大義は五線譜を手の中で握りしめた。グシャ、という音を立てて紙が丸まっていく。手の震えは止まらない。

愛来。

たまらなく、愛来に会いたくなった。傍にいてほしい。あの変わらない笑顔で、「大丈夫だよ」と言ってほしい。

大義は、丸めた五線譜を引きちぎると、新しい五線譜に書いた。

「愛来へ」

怖すぎて、曲にすることすらできなかった。

言葉にしなければ、この恐怖だけで自分は死んでしまいそうだ。誰かにこの恐怖を分かち合ってもらわなければ、壊れてしまう――。

書きなぐった文章は、恐怖と不安に溢れていた。そして、やり場のない怒り。なぜ自分がこんな目に遭うのか……。

これを読んだ愛来はどう思うだろう。

きっと大義以上の重荷を彼女に背負わせるに違いない。きっと自分以上に、苦しむに違いない。

大義は書きなぐった文章を破いた。

深呼吸する。新しいページに、つとめて冷静に手紙を書いた。

「愛来へ

正直不安です。一人で病室にいると怖くて涙が出ることもあります。それでも僕は愛来の笑顔、強さに助けられています。

自分の想像以上に愛来は不安でいっぱいだと思います。

それなのに、お見舞いに来てくれたときはそんな顔一切見せず常に笑顔でした。

本当に強い人だと思った。と同時に無理をさせてしまっていることに申し訳なく思ってしまいます。

そんな愛来に自分ができることは早く元気になることでそれを常に心の中に想っています。

愛来のために。

もう少し、浅野大義のわがままにおつきあいください。

大丈夫だから。

浅野大義」


大義の病名は、胚(はい)細胞腫瘍だった。

癌である。

肺で大きくなった腫瘍を抗がん剤の投与で少しでも小さくし、年明けに手術して切除するという治療が始まった。

初めての抗がん剤投与の前に、大義は髪を丸刈りにすると愛来に告げた。

「髪が抜ける前に、先手を打とうかと。どう思う？」

愛来は、ぱっと顔を輝かせて頷いた。

「野球部みたい、いいじゃん！」

「そう、野球部になれる」

「大義、野球部入りたかったんでしょ？」

「そう、ちょっとね」

「じゃあ、頭だけでも」

「入りますか」

長い前髪を気に入っていた大義だったが、愛来の言葉を受けてあっさり丸刈りにした。それはそれで似合うんじゃないか、大義は自分で思い込むことにした。

何より救いになったのは、愛来の強さだった。

病名を告げたとき、彼女はじっと大義を見つめて、やがて頷いてくれた。

「絶対に治そう。大丈夫」

それから彼女はほとんど毎日大義の病室にやってきた。来ると必ず楽しい話題を持ってくる。

「年末のディズニーコンサートのチケット、もう取っちゃった。一緒に行こうね」

大義の病気なんてなんの問題もない、すぐに治る、と言わんばかりの明るさでそんなことを言う。愛来と話していると、本当に「こんな病気なんでもない」と思えるから不思議だ。

大義は、少しずつ現実を前向きに捉えられるようになった。

治療は１〜２週間の薬の投与を４クールし、年末まで続く。大学はしばらく行けそうにない。大義は、大学の仲間にLINEで現状を伝えた。しばらく学校には行けないので、後は頼む！　と。たくさんの仲間からの激励の言葉が届いた。

「ありがとー！」

「がんばります！」

「病気やっつけてきます」

そんな返信を一人一人に返しながら、本当にこんな病気、大したことはないと思った。絶対に治してやる。絶対に、大丈夫。


こわばった顔をしたユースケが部屋にやってきたのはその日の夜だった。

大義が検査入院をさせられた日の朝、いつものようにユースケは、大義と朝霞台で待ち合わせて行くことになっていた。

時間ギリギリに着いたユースケは電車を降り、ホーム中央のベンチのほうへ小走りに近づいた。たいてい大義のほうが早く着いていて、そのベンチに座って楽譜を読みながら自分を待っていることが多いからだ。

「……あれ」

ベンチに大義はいなかった。ユースケは周囲を見回す。珍しい。遅刻？　そう思って腰を下ろす。10分が経ち、15分が経ち、20分が経った。何本も電車を見送る。

「たしかに約束したよな……」

大義に連絡をした。だが、つながらない。ユースケは仕方なく立ち上がり、一人で大学へ向かった。

その日の午後、やっと大義から連絡があった。ＬＩＮＥだった。

『病院に入院させられた』

「入院ってなんですか、大丈夫ですか」

『大丈夫、検査入院』

だが、その日以来、大義からの連絡はなかった。体調が悪いのだからとユースケは自分から連絡するのを遠慮していた。そこへやっと届いた大義からの連絡は、ショッキングな内容に反してひどくのん気なＬＩＮＥだった。

『肺にシュヨウがあるそうなんで、速攻でやっつけてきます』

「腫瘍って、癌ってことすよね」

ユースケはこわばった顔のままダイレクトに聞いてくる。

「そうだよ」

「治るんですか」

「治るから治療してるんだろ」

「確率的には」

「治るって」

「ほんとですね」

「ほんとだって」

「なんか、むかつきました」

「なんで」

「LINEに、超軽い感じで書いてあるから」

「いや、あれぐらいのもんだよ」

「隠さないでちゃんと言ってくださいね」

「言ってるって」

ユースケの剣幕に、大義はちょっと笑えてしまった。なんでお前がこんなに必死なんだよ。

「じゃあ、最悪、死ってことはないですよね」

ユースケは大義の目をまっすぐ捉えて言った。

大義は、彼の目を見返す。死。大義の心の中に黒くぶすぶすと音を立てて生まれてきていた、死という意識。絶対に見ないように、とりこまれないようにしている黒い塊。

だけど。

大義はユースケのまっすぐな目を見て思う。きっと、こいつも怖いんだ。

「それはない」

大義は、あっさりと口にした。そして自分自身に言い聞かせるように。

「俺は死なないよ」

ユースケの顔が、ふっと緩んだ。

◆

「100人だそうです」

愛来さんと入れ違いにやってきた木村さんは、いつものように大義のドライアイスを取り換え、私に向き直ると、そう言った。私は思わず「え？」と大きな声を出してしまった。

「いえ、それ以上かもしれません」

大義の告別式の演奏のために集まった人数だった。ユナさんたちが声をかけたほぼ全員が仕事や学校を休んで参加するという。木村さんはその日の夕方、その報告をユナさんから聞き、すぐにうちにやってきた。「告別式のことで……」と話し始める口ぶりは歯切れが悪く、私は何か大きな問題が起きたのかと思った。が、まさか100人も大義のために集まってくれようとしているとは……私は目の奥が熱くなった。

「ただ、当式場はご存知の通り住宅街に近い位置にございます」

木村さんは言いづらそうに頭を下げる。

「20名程度の演奏なら問題ないと思っていたのですが、100名となると……」

「そうですよね……」

私は頷いた。みんなの気持ちだけで充分だと思った。本当に演奏しなくてもその心は大義にしっかりと届いているはずだ。

「今夜、市船でリハーサルがあるとのことなので、私も出向きます。その際、人数に関してなんとか選抜していただけないか、お話ししてきます」

木村さんは何度も頭を下げ、申し訳ないと言いながら部屋を出た。

毎日木村さんがドライアイスを交換してくれるおかげで、大義の身体は亡くなったときと変わらずきれいだ。すっかり見慣れてしまった大義の寝顔を、私は再び見つめた。

大義、みんながあなたのことを想ってくれているよ。

良かったね。

もし演奏してもらえたら、大義も一緒に演奏したらいいじゃない。ロナウドを傍に置いておくから。そんなことを息子に語りかけた。

そういえば闘病中、成人式のステージで久しぶりにトロンボーンを演奏したのだった。あのとき、ステージに上がった大義の姿を見て、同級生たちは歓声をあげ、拍手を送ってくれたという。それが、仲間たちとの最後のステージとなった。

## ２０１６年・冬　浅野大義・大学2年生

２０１６年の1月。

大義が20歳の成人式を迎える年だった。

「行かないよ、俺は」

2月に手術を控えた大義は自宅療養が許され、年末年始を家で過ごしていた。彼の頑張りか精神力か薬の効果か、腫瘍は少しずつ小さくなっていた。去年の暮れには、愛来と一緒にディズニーのコンサートにも行くことができた。

ただ、成人式に行くのだけは嫌だった。

船橋市では、新成人自らが成人式を運営することになっている。しかも、式の後にある『20歳のアピール』というステージでは新成人が中心となって音楽や歌を披露することになっており、毎年、市船の卒業生がそのまとめ役となっていた。

大義たちの年も例にもれず、市船がまとめ役となり、元部長のユナが準備を任されていた。コンサートのメンバーを募集し、演奏の演目を決め、リハーサルをする。大義は、ユナに誘われて演奏曲のアレンジなどは手伝ったものの、本番のステージで演奏することは断固拒否していた。

「なんで。大義が出てくれなきゃ、やだよ」

ユナも譲らない。

大義は、人前に出ることがおっくうだった。

体調はだいぶ良く、薬の副作用以外では痛みや苦しみを感じることも少ない。だが抗がん剤のせいで髪は抜けまくっているし、顔もむくんでいる。髪の抜け落ちた頭を隠すために、いつもニット帽を被っている。かっこつけたくってもつけようがない。そういう姿を人前にさらしたくなかった。

ユナは愛来に助けを求める。

「ねえ、パインも大義に演奏してほしいよね」

二人の会話を横で聞いていた愛来は、少し考えて言った。

「ロナウドが寂しがってるから、吹いてあげてもいいかも……」

大義は、愛来の言葉に「ああ……」と頷いた。

テナートロンボーン、「ロナウド」。

ウインドミルオーケストラに入ったときに、自分のトロンボーンが欲しいと、ローンで買おうとしたのを、「子どもがローンなど組むものじゃない」と祖母が買ってくれた。

そういえば発病以来、半年近くもロナウドを吹いていない。

「それにさ」

愛来は続けて言う。

「スーツにニット帽っていうのも、おしゃれだし」

すべてはこの一言で決まった。

迎えた成人式は、最高だった。やっぱり音楽が好きだ。仲間が好きだ。

市船卒業生を中心とした新成人バンドの中に、楽しそうに身体をスウィングさせながらトロンボーンを吹く大義の姿があった。その姿が会場のモニターに映し出された瞬間、場内やロビーにいた市船生たちは「おお！」「大義ぃ！」と歓声をあげた。

そのステージでの大義は、大きな病と闘っている最中であることなど、誰にも感じさせず元気に演奏した。

体調のことを同級生たちに聞かれるたびに、大義は「大丈夫大丈夫！」と元気に答えた。実際、その日の体調はとても良かった。自分自身でも病気であることを忘れてしまいそうになるほどだった。

大義は思う。こうして、みんなと大騒ぎしていれば、病気のことなんて忘れてしまう。忘れてしまえば、自分の身体にあるこの黒い塊なんて、すぐに消滅しちゃうんじゃないか。

成人式が終わり、腫瘍摘出手術が2月に決まると、大義は暇さえあれば同級生たちに連絡を取り始めた。

「遊びに行こう！」

「メシ食いに行こう！」

「久しぶりに会わないか？」

毎日毎日、誰かを捕まえては出かけていく。周囲は身体を心配したが、大義は「全然問題ないよ〜」と繰り返した。食事をし、カラオケ、ボウリング、と時間のある限りみんなと過ごした。

家にいるのが嫌だった。

一人でいるのが嫌だった。

この頃、大義は、愛来に連絡を取ることを躊躇うようになった。自分の身体の状態を本当に知っている彼女と一緒にいたら、現実を忘れることができないからだ。家族と一緒にいるのも嫌だった。辛そうな顔をずっと見ていなくてはならない。病気になったのは決して親のせいではない。自分も、なんでこんな病気になったのか分からない。誰のせいにもできない。

だからこそ。

手術の日までは、現実となるべく向き合いたくなかった。

そして2月。大義の手術は、無事成功した。術後の経過を見ながら、体内に癌細胞が残っていないか検査も行った。どれも陰性。晴れて4月、大義は退院した。

桜の季節だった。

「こっち向いて！」

桜の下に佇む愛来にカメラを向け、シャッターを切る。さっきから大義は桜ではなく愛来ばかり撮っている。愛来は「桜は撮らないの？」と聞くが、大義は「もっと綺麗なものがあるから」と愛来にカメラを向けた。愛来は少し照れてポーズをとる。そんな彼女が、大義にはたまらなく愛おしかった。

一度でもはっきりと死を覚悟すると、人間は大事なものとそうでないものの区別がつきやすくなるのかもしれない。

彼女とずっと一緒にいたい。普通に結婚して、家庭をつくって、普通に働く。普通に日々を重ねて、長い長い時間をかけながら、一緒に人生の終わりに近づいていく。それが大義の今の夢だ。

「もし息子が生まれたら」

大義はふいにそんなことを切り出した。

「尊義(たかよし)って名前をつけようと思う」

「尊義？」

「うん。義を尊ぶ。義を尊ぶってことは、人を尊ぶってこと。そういう人になってほしい」

「……そか、じゃあ娘が生まれたら？」

「愛来が考えて」

愛来は本気で考えている。その横顔を見ながら嬉しいと同時に切なくもあった。どうして、こんな普通の夢が遠く感じてしまうのだろう。もう病気は治ったのに。なぜ、不安と胸を締めつけるような悲しさがこみ上げてくるのだろう。

たくさん胸のうちで渦巻く想いは、何ひとつ言葉にならなかった。

「ねえ、桜アイス食べよう！」

ふいに愛来は大義の袖を引っ張る。

「あのアイス、ピンクだよ、超可愛い」

「やだよ、俺は。恥ずかしい」

「なんで」

「愛来食ってこいよ」

「一人は嫌だ」

「じゃ、買ってきて」

「なにそれ、一緒に買おうよ」

「いやだー」

愛来は笑った。大義も笑っていた。久しぶりにどうでもいいことで笑った。かけがえのない時間だった。大義は自分を奮いたたせた。

絶対に負けない。俺は、強くある。

退院後、大学に復学しようと準備していた5月のことだった。母は、再び千葉大の主治医に呼び出された。先日受けた検査の結果、脳に転移が見られるという。

「頭を切る手術」

母は、まともに立っていることができなかった。闘いは終わったと思っていたのに。なぜ、また？

しかも、脳——。

大義が、そして大義の父親も妹も家族全員が、もう一度、闘いに挑まなくてはならなかった。大義は、この事実を冷静に受け止めようとした。

「何度でもかかってこいよ」

そんな強がりを言ってみた。

だが、頭を切るということに対する恐怖はとてつもなく大きい。もし失敗すれば、死に至るかもしれない。もしそうならなくても、今のままの自分ではいられなくなるかもしれない……。

だが、俺は負けない。

二度目の入院は個室だったため、大義は病室にキーボードを持ち込んだ。検査と治療以外の時間は、鍵盤に向かった。曲を作り始めていた。いや、厳密には「作った」と言えるものではないのかもしれない。ただキーボードに向かい、音を鳴らす程度だった。何かを残したい、病気との闘いに時間を割かれたくない、その思いで作り続けた。

俺の命は、死の恐怖と闘うためにあるんじゃないんだ。

曲を生み出すためにあるんだ。

愛来は変わらず、献身的に病室に通ってくれていた。

だが、彼女にも学校があり、生活がある。夢だってある。今、自分のために病院通いをしていることが本当に彼女の幸せなんだろうか。大義は一つの決意を胸に抱いていた。愛来のことが本当に大事だからこその、決断を。


「別れたい」

そう言った大義の目は冷静だった。

無事に脳の手術を終え、退院して2週間後のことだった。

7月も終わろうとしていた。大義と愛来は、二人のお気に入りのカフェで、久しぶりのデートをしていた。愛来はよほど嬉しいようで、会ったときからずっとはしゃいでいた。だからそう切り出した大義に、一瞬わけが分からないといった様子で視線を泳がせた。

「なんで……？」

「……なんでも」

たくさん話せば決心が揺らぐ。大義は口をぎゅっと結んだ。

「……嫌いになった？」

「そんなわけない」

「じゃあ、なんで」

「別れたほうがいいと思うから」

「病気のこと？　私、そんなの全然平気だよ」

「違う」

「じゃあ、何。好きな人でもできたの？」

「違う」

「……じゃあなんで？」

「……とにかく、もう、別れたほうがいい」

大義は立ち上がる。愛来の目から涙がこぼれたからだ。ごめん、本当にごめん。本当は、別れたくない。でも、これ以上愛来に負担はかけたくない。

彼女が大事だから、彼女とは別の道を行く。

それが精一杯考えて大義が出した答えだった。

「待ってよ」

愛来の声は震えている。大義は店を出た。これでいい、これでいいと何度も自分に言い聞かせながら。

高橋先生から電話があったのは、その日のことだった。

「大義、どうだ、調子は」

久しぶりに聞く先生の声に、大義は胸から熱くこみ上げるものがあった。

「はい、順調です、元気です！」

「そうか。お前、明日の野球応援、来るか」

「え？」

「今年の市船、ついに準決勝まで行ったんだよ。明日は習志野戦だ。来れるなら来い」

大義は飛び上がりそうになった。準決勝へ!? しかもライバル習志野との対決だ。

「行きます！」

大義は電話を切ると、今度は急いでヒロアキにかける。

「明日、車出してくれ！」

「え？」

「野球、準決勝、『市船ｓｏｕｌ』！」

ヒロアキと車で一緒に球場へ行く約束をとりつけると、大義はロナウドのケースを引っ張り出した。丁寧に拭いてやる。ピカピカに光るように。なんといっても準決勝だ。

「神風吹かせろよ、『市船ｓｏｕｌ』」

大義はロナウドに語りかけた。

満員の千葉マリンスタジアム。

大義が応援席に向かうと、サングラスをかけた高橋先生が「よお」と片手をあげた。

トロンボーンは最前列。大義はその列の端にロナウドを構えて立った。「大義先輩と吹けるの、嬉しいです」。隣の後輩が微笑む。大義も、なんだか夢を見ているようだった。

3年前、高校の教室で思い描いた、応援席。トロンボーンは最前列の花形。千葉テレビのカメラがそんな彼らをとらえている。目立ちたがりの大義の本能が久しぶりにむくむくと湧いてきた。

6回裏。市船の攻撃。

「よーし、出番だ」

市船の応援団が一斉に立ち上がった。

「いくぞぉ、市船ぁ！」

大きな掛け声と共に野球部の応援団が掲げたプラカードには『ソウル』の文字があった。

ドラムが速いスピードで打ち鳴らされる。観客席から歓声が起こる。大義は後輩たちと共に、ロナウドを構えた。

俺の音楽よ、みんなの背中を押せ！

歓声が起こった。

左中間を破る、走者一掃の3点タイムリースリーベースだ。ランナーが次々と返ってくる。スタンドは割れんばかりの歓声に包まれた。

大義も大声で叫んだ。

生きている、と思った。

俺は、生きている。

ここに、このスタンドに、俺は生きている。


この回に4点を奪い、5対1とした市船は、そのまま逃げ切り、ゲームセット。決勝進出を決めた。明日の決勝に勝てば、9年ぶりの甲子園出場だ。

帰りの車の中で、ヒロアキとバカ話をして大笑いをしながら帰ってきた。最高の気分だった。

翌日の決勝の相手は、甲子園に連続出場を果たす強敵の木更津総合高校。2回に2点を先制されたが、『市船ｓｏｕｌ』の鳴り響く中、2点を返して同点に追いついた。

「ソウル、すげえ！」

スタンドで誰かがそう叫んだのを大義は聞いた。

Ｔｗｉｔｔｅｒでは、『市船ｓｏｕｌ』が一躍話題となっていた。

「ソウルが流れると点が入る」

「神曲」

「市船のチャンステーマ」

「かっこいい」

試合中も、そういったツイートが次々とあがってくる。

「何、ニヤついてんだよ」

高橋先生が大義を振り返り、笑った。

「いやあ、俺、いい曲作ったなあ、と」

「まあ、そうだよな」

接戦だったが市船は惜しくも敗れ、甲子園の夢は断たれた。

「大義先輩、来年も『市船ｓｏｕｌ』やりますから、来てくださいね！」

吹部の後輩が、悔し涙に目を潤ませながら大義に握手を求めた。

勝ったチームより、負けたチームのほうが、球場から立ち去りがたい。まだやれたのに、勝てたのに、という未練だろうか。

その日の大義とヒロアキも、なかなか球場を離れられずにいた。ふと、拍手が起こる。二人が見ると、市船の野球部の選手たちが球場から出てくるところだった。観客たちが大きな拍手で彼らを見送っている。野球部の監督もキャプテンも、応援してくれた人々に頭を下げていた。心底、悔しそうだった。

「帰るか」

ヒロアキに促され、大義が車に乗ろうとしたとき、野球部の列から外れて、こちらに走ってくる人物がいた。

「浅野先輩ですか」

「え？」

大義は振り返る。

一人の選手が大義の後ろに立っていた。おそらく3年生だろう。

「『市船ｓｏｕｌ』、ありがとうございます」

彼は言った。

「あの曲のおかげで、打たせてもらえたと思ってます」

大義は嬉しくて笑った。

「そっか、それなら良かった」

「はい、ソウル、俺すげえ好きです」

「ありがとう」

野球部らしくきっちり頭を下げ、「ありがとうございました」と言って野球部の列に駆け戻っていく彼の背中を大義は見送った。じわじわと充実感が胸に広がっていた。

「すげえじゃん」

ヒロアキがにやりと笑って運転席に座る。大義は助手席に座り、再び球場を眺めた。

(俺の音楽は、ここに生きている)

ヒロアキは車を発進させた。大義はバックミラーを見つめた。球場が、みるみるうちに遠くなっていった。


夏が、終わろうとしていた。

いつの間にかクーラーが切れていて、暑くて暑くてたまらなかった。朝、7時頃だろうか。目覚めても頭が朦朧（もうろう）としている。

「水、のみたい」

強烈な喉の渇きを覚えて大義はベッドから立ち上がろうとした。

その瞬間だった。

激しい痙攣が全身を襲った。わけも分からず床に突っ伏した。頭が割れる、割れるように痛い。

よほど大きな音を出したのか、隣の部屋の千鶴が飛び込んできた。

「どうしたの！」

千鶴が駆け寄る、だが、彼女に何か言うことも見ることもできない。いったい自分がどうなっているのか、分からない。

父や母が部屋に飛び込んできたような気がする。

記憶も意識も、どこかにぶっ飛んでいった。

目が覚めると、千葉大の病院にいた。ベッドに横たわっている。

「……」

よく知っている天井だ。もう二度と見たくないと思っていた病室の天井。なぜ、またここに自分はいるのだろう。

隣に誰かいる。千鶴だ。

「目、覚めた？」

「うん」

「お母さん呼んでくる」

「俺、どうなった？」

「倒れた」

「そう」

「呼んでくる」

「俺、どうなる？」

「……分からない」

行こうとする千鶴を、再び呼び止めた。

「ちづプー、今日試合じゃなかった？」

千鶴が驚いて振り向いた。

「ないよ、大丈夫」

妹のソフトボールの試合があることを、大義は知っていた。

いなくなったはずの癌が、また大義の脳の中に現れていた。

二度目の脳の手術。一回目より、二回目のほうがリスクが高い。

「やってもやらなくても死ぬなら、やって死んだほうがいいんじゃないの？」

そんなやけっぱちな言葉が飛び出してきそうで、大義は固く口を結ぶ。自分の心にうごめく死という黒い塊は、今こそ強大な力で自分の心も体も支配しようとしている。

だが、それを両親にだけは言いたくない。

特に母は、目に見えて憔悴（しょうすい）してしまっている。そんな母を見ているのは、つらい。

愛来――。

あれから、まったく連絡も取らなくなってしまったけど、今頃どうしているのだろう。自分から別れておいて、自分が不安になったら傍にいてほしいなんて、都合が良すぎる。そうだ、こんなふうに彼女に心配をかけたくないから、あのとき別れたのだ。つらい思いをさせたくないから……。大義は、何度も愛来のＬＩＮＥをスマホの画面に出しては閉じ、また出しては閉じていた。

手術の日は、９月７日に決まった。

もし、失敗したら。

今のうちに、会いたい人には会っておくべきなんじゃないだろうか。いや、あまり準備しすぎてもいけない。本当に死んでしまうかもしれない。

大義は、愛来に連絡を取ることはできなかった。

一人で耐えることもできなかった。

迷い、ユナに連絡した。

『すぐパインに連絡しな』

ユナからの返事はストレートだった。

『いや、いいよ』

『あの子は強い子だよ』

ユナは大義に諭す。

『大義が思ってるより、ずっと。だから、信じてあげなよ』

大義はため息をついてＬＩＮＥを閉じた。ユナの気持ちは嬉しい。

でも、本当にこのまま自分に付き合っていても、愛来は苦しいだけだ。つらいだけだ。

連絡はできなかった。

手術の前日、夕食を終えてから、大義はベッドに横になっていた。廊下を誰かが小走りでやってくる音がする。いつも急ぎ足のナースだろうと思っていた。

「大義」

呼ばれてふと目を開けた。

愛来がベッドサイドに立っていた。

「え」

「大義……」

「なんで」

「なんでじゃないよ……」

愛来は今にも泣き出しそうだった。大義は手を伸ばして、愛来の頭をポンポンと叩いた。それだけで、愛来は顔をくしゃくしゃにして泣いた。いや、笑った。久しぶりに会う愛来は、少し痩せたようだった。髪も伸びて、首の後ろで束ねている。人形のように白い肌が、いっそう透けて白く見えた。

かっこ悪いのだが。

安心した。

愛来の顔を見て、彼女の笑顔を見て、声を聞いて、大義は深く安心してしまった。どうしてだろう、家族にさえ見せないと誓った涙が、彼女の前では落ちてしまいそうだ。

「大義、怖い？」

「……うん」

「私も、怖い」

愛来は、大義の手をとった。いっそう細くなったその冷たい手を、愛来は温かくて柔らかい手で包み込んで温めた。

「怖いけど、離れないよ」

大義は微笑んだ。

手術は、再び成功した、と聞かされた。

続けて放射線治療を行い、11月3日、大義はやっと退院した。

退院、ということが大義には何より嬉しかった。

脳の手術が終わった後、大義の感覚に新しいものが芽生えていた。発病からずっと自分の心の奥底に渦巻き続けていた黒い塊、死というやつが、消えているのを感じたのだ。

大丈夫かもしれない。

生きていけるかもしれない。

大義は、今度こそ確信した。もう、大丈夫だ。

もちろん、この傷だらけの身体はすぐには元に戻らないだろう。以前のような生活はできないかもしれない。でも、普通に寝て、起きて、食べて、作曲して、家族と愛来と共に過ごす。その生活はできる気がした。

家からあまり遠出することはできなかったが、市船の仲間や大学の友人に会って話すことはできた。毎日、ピアノの前に座ることもできた。友人の編曲を手伝ったり、思いついたわずかなフレーズを弾いて録音したりした。大学は、ずっと休学していた。早く戻りたかったが、この時間を利用して勉強してやろうと思った。難解な楽典を取り寄せ、読破しようと思った。長時間、字を読み続けることはできなかったけど、手術前よりずっと元気な気がする。

愛来との日々は穏やかだった。

大学で書展が開かれ、それに出品する書を書いているという。「ぜったいに見に来てね」と言われ、大義は頷いた。

大学の同級生は、進路を決めなければならない年になっていた。大義には、進路どころか、明日、ちゃんと立って歩いて生きているか、それがすべてだった。

だから、朝ちゃんと目覚めること、そして痛みもなく起き上がることができたら、それだけで最高の気分だった。一日中気分が良い日には、みんなに「ありがとう」と言いたくなった。愛来とクリスマスや年越しの計画を立てているときが、いちばん幸せだった。

# 第五章　告別式前日

## 母・桂子／２０１７年1月20日

木村さんから電話を受けたのは、深夜０時過ぎだった。

「演奏者は総勢１６４名です。全員、お引き受けします」

私は耳を疑った。その夜、木村さんは市船に行くと言っていた。なんとか20人ほどの編成でできないものかとお願いするのだと。

それが、１６４人。

私は本当に大丈夫なんですか、と何度も聞いた。木村さんは何度も「はい」と言って、その夜の市船での出来事を詳しく話してくれた。

## 古谷式典・木村／２０１７年1月19日

木村は、市船へ向かう道すがら、どうやって説得をすればいいかを考え続けていた。

今日も大義くんの祖父の家へ行き、遺体ができるだけきれいに保てるよう処置を施してきた。この1週間、毎日通ったから、お母さまの桂子さんが日に日に憔悴していくのが分かる。

少しでも、その気持ちが軽くなるような葬儀にしてあげたかった。

でも……150人は無理だ。

ついさっき連絡があったユナさんによると、演奏をする人数は100人から、150人へと増えていた。

式場のスペースに100人以上は無理です、と言うか。

それとも、周辺は住宅もあるので音漏れの問題で無理です、と言えばいいか。

いや、時間的な問題で話すほうがいいか。告別式の時間は、合計でたったの90分です、延長はできません、演奏する時間はありません、とつっぱねることはできる。いや……。

どのような話にせよ、受け入れられないだろうことは木村自身がよく分かっていた。だが、葬儀進行に大事なのは、滞りなくすべてを終了させることだ。そのためには、リスクを最小にして、確実に成功させなければならない。葬儀に失敗は許されないのだから。

木村は、演奏をしないでほしいと言うつもりはなかった。ただ、葬儀には他の参列者も大勢いる。混乱が生じて取り返しのつかない事件になっては大変だ。しかし…。考えがまとまらないまま、市船に到着した。


1月19日。午後7時。

大義の通夜を明日に控え、市船では、告別式で演奏するためのリハーサルが行われようとしていた。

学校の校門前で、数人の若者たちが集まっているのが見えた。

「木村さん、ありがとうございます！」

声をかけたのはミハルだった。

彼女の背後を見てぎょっとした。

リハーサルに集まった人数だけでも140人ほど……。すごい迫力だ。

木村は、話を切り出すタイミングを見計らいつつ、音楽室に集合した彼らの様子を見守った。

中央に、ユナが進み出た。

「今日、集まってくださった先輩方、後輩のみんな、感謝します。それから、この集まりが決して同窓会のようなものではなく、大義のためのものだということを理解してくださったことにも、感謝します」

ユナの話をじっと聞いている面々は、真剣そのものだった。彼女の言葉通り、久々に顔を合わせる者同士だったが、誰一人として笑顔はなかった。粛々と集まり、楽器を用意する。一様に「大義が死んだ」という事実を受け止めようとしているようだった。

「大義は、市船が大好きでした。だから、大義が大好きだった市船は、大義のことも愛してるよ、と私は伝えたいです。大義のために、最高の演奏をしたい。最高の形で、大義を送り出したい」

ユナはもう一度、お願いします、と全員に向かって頭を下げた。責任感と、友を思う気持ちに溢れた挨拶だった。

木村は、この瞬間に用意してきた言い訳をすべて捨てた。

――最高の形で。

そうだ、彼らがこんなに必死に集った思いを、何も知らない自分が潰してはならない。最高の形を、一緒に目指さなくてどうする。

音楽準備室で対面した高橋先生に、木村は迷いなく言った。

「できることは何でもやります。よろしくお願いします」

高橋先生も、「感謝します」と深々と一礼した。

午後8時。

合奏のリハーサルが始まった。一斉に鳴るB♭の音。

その瞬間、指揮を執る高橋先生が腕を下げ、俯いた。

「このメンバーの中に、なぜあいつがいない」

あの頃いつもいた最後列のど真ん中。トロンボーンのファーストの椅子に座って、嬉しそうにこちらを見て指揮を待つ大義。

「なぜ、あいつだけがここにいないのだ」

その言葉は、その場の全員の心に深く突き刺さった。数人が静かに泣き始めた。泣き声は連鎖し、音楽室全体を涙に染めた。木村も俯いた。目の奥が熱くなった。

やがて、先生がもう一度指揮棒を構える。涙に濡れたまま皆の演奏が始まった。

『魔女の宅急便』

『星条旗よ永遠なれ』

『手紙～拝啓　十五の君へ～』

『夜明け』

どれも、市船では必ず演奏した懐かしい曲ばかりだった。リハーサルが終わると木村は、高橋先生やユナと、綿密に段取りを打ち合わせた。告別式の後、式場の椅子を一斉に外に出すこと、楽器を持ったみんなは場内で大義を中央に座し、その周りを囲むように立つこと。先生は祭壇前の高台に。その間を10分で終わらせ、演奏は次々と行う。最後の合唱に合わせて親族からの献花。代表して高橋先生とユナが献花する。出棺のときには、『市船ｓｏｕｌ』で。

不可能を可能にするために、その場にいた全員が知恵を出し合った。打ち合わせが終わる頃には日付が変わろうとしていた。

## 母・桂子／2017年1月20日

「大義くんのために成功させます」

私は電話口で何度も頭を下げた。

「それにしても」。木村さんは続ける。

「たった一人の青年のために164人もの仲間が駆けつけるとは。大義くんは、よほど愛されていたのですね」

木村さんとの電話を切ってから、私はもう一度大義の眠る部屋へ入った。

安らかな寝顔。

最後の1か月、苦しくてたまらなかっただろうに。本当によく闘った。今日は通夜。そして明日は、告別式だ。

164人。

すごい数だ。大義の、かけがえのない仲間たち。

本当に、お別れなんだね、大義。

私はそっと大義の頭を撫でた。最後の日々、いつもと変わらぬ笑顔を見せ続けていた大義。

息子は、どんな思いでこの世界と別れを告げるのだろう。

## ２０１７年・冬　浅野大義・大学3年生

２０１６年も終わりを告げようとしていた。

12月のはじめ。大義は、体調に異変を感じた。まさか、と思った。信じたくない。もう薬もベッドも見たくない。もうあの場所へは行きたくないのに。

重い足取りで再び千葉大の検査室へ入る。そして、絶対に聞きたくないと思っていた言葉を、主治医から聞いた。

肺の腫瘍再発。

骨髄への転移。

大義は、しばらく立ち上がることができなかった。主治医の前で、しばらく椅子に座り続けていた。主治医も大義の気持ちを思い、彼が立ち上がるまで、じっと向き合ってくれた。沈黙が流れ続けた。母は、俯いていた。ただ床を見ていた。もう、この事実を受け止めることができない。

やっと診察室を出ると、母はそっと大義の腕を取った。

「大義」

今まで聞いたこともないような優しい母の声だった。

「お母さんがついてるよ」

大義は、頷いた。下を向くと涙が出そうで、じっと前を睨んでいた。

人というものは、身体より先に心が死ぬのだろうか。

身体が死ぬから、心も死んでいくのだろうか。分からない。


スマホを見ると、ＬＩＮＥのメッセージがたくさん届いていた。愛来が検査結果を心配しながら待っている。知らせてやらなきゃと思いながら、ふと、違うメッセージが着信しているのを見つけた。

市船の後輩だ。

来年の成人式で、彼らが新成人としてステージをやる。大義はその開会式で吹くファンファーレの作曲を頼まれ、先日音源を送っていたのだった。

『ファンファーレ、演奏リハ音源です』

後輩からのメッセージの下に、音源が添付されている。大義は、その音源を聴いた。高らかな金管楽器によるファンファーレが演奏されている。いいじゃないか。

聞きながらふと、大義は思った。

　来年、このファンファーレが演奏されるとき、自分は生きているだろうか。もし、自分が死んでいたとしても、このファンファーレは演奏される。音楽だけが、自分の代わりに。

　愛来に、癌の再発を告げる代わりにこのファンファーレの音源を送った。

『凄い、いいと思う！』

　愛来からすぐに返信がくる。きっと携帯を握りしめて自分の連絡を待っていたのだろう。大義は、今、彼女に現実を告げる気にはなれなかった。だから、今感じたことをそのままに送った。

『俺の心は死んでても、俺の音楽は生き続ける』

　愛来からの返信が止まった。

　泣いているのかもしれない。


「これが、最後の入院だと思ってください」

　主治医は静かに母に告げた。もう、手の施しようがなかった。だが、家族は大義に余命を告げることをしなかった。最後の瞬間まで、希望を失いたくない。死ぬために生きるのではない。生きるために生きるのだから。

　病院でクリスマスコンサートが開かれ、看護師たちがハンドベルを演奏した。大義はその伴奏を頼まれ、ジングルベルを演奏した。

人前で弾くのは久しぶりだった。指が鈍って思うように動いてくれない。だが、弾いていると楽しかった。音楽に没頭する時間を思い出す。

市船で、コンクールのために必死に練習した日々が、遠い遠い昔のようだ。あの頃は、毎日の練習が辛くて苦しかった。だけど、今考えればなんて楽しい時間だったんだろう。仲間たちと高橋先生と毎日毎日音楽に浸かって、たくさんのお客さんに聴いてもらって、あんなに幸せな日々はなかった。

愛来と約束していたクリスマスの予定も年末年始のイベントも、すべてがキャンセルとなった。行くと約束していた、彼女の作品が出品される書展も見に行くことができない。

「ごめんな」

大義は心から謝った。

「謝らなくていいよ、こうして一緒にいるじゃん」

愛来は笑った。愛来は、いつも笑っていた。それが大義の力になると知っていたからだ。

クリスマスがやってきた。

12月24日、大義と愛来は病室で二人きりで過ごした。愛来は、ベッドに横たわる大義の身体に寄り添って、ずっと手を握っていた。両親も千鶴も、この日は気を利かせて来なかった。

その代わり、母は病室の棚にクリスマスカードを忍ばせておいた。

「クリスマスカードだ」

棚のカードを見つけて開いてみると、中には、母の字でメッセージが書いてある。

「大好きな大さんへ。父と母より」

大義は絶対に泣くまいと唇をかみしめた。ここで泣いたら、かっこ悪い。愛来の前なのだ。

しかも今日はクリスマスイブだ。愛来に、とびっきりのプレゼントをあげたい。

「市船の定期演奏会、行けるかもしれない」

大義はそっとつぶやいた。

「ほんとに？」

愛来の目が輝いた。

「うん、ほんとに。一緒に行ける？」

「行くよ、もちろん！」

愛来は大義の胸に顔をうずめた。

神様。

大義は心で小さく、でも確実に祈った。どうか、演奏会に行かせてください。もう一度だけ、市船に行きたいんです。お願いします。

二人きりの聖夜。静かに時間だけが落ちていく。

12月28日。市船の定期演奏会。

習志野文化ホールに、大義の姿があった。車椅子に乗っていた。

一人で立つことも歩くことも難しかった。身体は痩せて、左目は筋力の衰えにより開けることができなかった。左耳も、もう聞こえない。3時間という演奏時間を耐えられるかさえ、不安だった。

家族と愛来に付き添われてロビーに入ると、そこにいた人々が大義を振り返った。その人々全員が、一斉に息をのんだように感じた。大義は、考えないようにしていた。変わり果ててしまったであろう自分の姿を。だがきっと、周囲は、変わってしまった自分を見て驚いているのだろう。

「大義！」

「大義先輩！」

みんなが駆け寄ってくるのが分かった。ユナ、ミハル、ヒロアキ。

「待ってたよ！」

「客席まで一緒に行こう」

仲間たちは温かい。いつもと変わらない。大義も、いつもと変わらず笑顔になった。たぶん、心から笑えていたと思う。

プログラムを開くと、吹劇の作曲者のところにヒロアキの名前があった。

吹劇の作曲。大義の夢だった。

それを、ヒロアキはやれたんだ。

不思議と、嫉妬は湧かなかった。どちらかというと、頼むぞ、お前やっぱ才能あるんだな

……そんな感覚。大義はヒロアキに向かって笑いかけた。

「ヒロアキ、吹劇の合唱曲作ったの？」

「うん、まあ、大変だったけどね」

「やり直しさせられただろ」

「何回もね」

「やっぱりな」

「やっぱりってなんだよ」

「まだまだってことだよ」

「分かってるよ、そんなことは」

高校時代と同じように、イヤミを言い合った。大義の発する言葉はとてもゆっくりだったけど、仲間たちはいつもの調子で話すことにつとめた。

人だかりの向こうに、ユースケの姿が見えた。

「おう、ユースケ――」

大義は手をあげた。ユースケが笑って近づいてきた。

「なんだ、来てるんじゃないですか。さすがにダメかと」

「俺がそう簡単にくたばると思ってるのかい」

「先輩は大丈夫っすよ、しつこいから」

いつものように軽口を叩き合う。

客席に車椅子ごと入った大義は、じっと開演を待った。今、こうして開演を待っていられること自体、とんでもなく幸せなことだ。

大義は目を閉じる。

舞台の幕があいて、今年の市船生と高橋先生の姿が現れた。

幕開けはヒロアキの編曲したチャイコフスキーメドレーだ。大義の身体に、五感すべてに市船の音が流れ込んできた。懐かしい高橋先生の指揮。

やっぱり、いい。

大義は、目を閉じて聴いていた。隣で、愛来もじっと演奏に耳を傾けている。

2幕が開けて、今年の『吹劇』が始まった。

「吹劇『ひこうき雲〜生きる〜』」

そのアナウンスに大義はドキンとした。

生きる。

今年のテーマは、「生きる」。

序曲、何気ない日常、悪夢、生き甲斐、不安、余命宣告、ひこうき雲、永訣……。まるで、自分のことのようではないか。なぜ、高橋先生は今年の吹劇のテーマをこれにしたのだろう。

幕が開けた。主人公は画家。彼は日々を創作に費やし、生き甲斐を感じ、命を燃やしている。だがある日突如として余命宣告を受け、苦しみ、やがて……。

金管楽器の煌（きら）めき。

踊るみんなの水色の衣装がふわふわと翻っている。余命宣告を受けた主人公は哀しみ、苦しんで、どこへ行くのだろう。

「大義」は、どこへ行くのだろう。

「白い坂道が空まで続いていた

ゆらゆらかげろうがあの子を包む
誰も気づかず　ただひとり　あの子は昇ってゆく
何もおそれない　そして舞い上がる」

荒井由実『ひこうき雲』の合唱が、大義の耳にぼんやりと聞こえていた。主人公の画家は、ひとつの答えを見つけた。
最後の瞬間まで「生ききる」という答えを。

「ほかの人にはわからない
あまりにも若すぎたと　ただ思うだけ
けれどしあわせ」

大義には、大きな空が見えた。真っ青な空。そしてひこうき雲。そこに自分も昇っていくのだ。壮大で力強い音楽と共に。
そう、死は誰にでも訪れる。
この客席にいる全員が、必ず死を迎える。自分一人ではないのだ。

やるべきことは、生ききることだけ。

「空に憧れて　空をかけてゆく
　あの子の命はひこうき雲」

客席が泣いている。だが、大義は清々しい気持ちだった。自分は、生きよう。最後の瞬間まで。生ききること、それは今を生きること。

気付けば3時間、大義は車椅子に座ったまま、最後まで演奏を聴くことができた。これは、奇跡といえた。

終演後、ロビーに出ると、高橋先生が大股で近づいてきた。

「大義、よく来たな！」

「素晴らしい演奏会でした。こんなに素晴らしい演奏会でなければ、最後まで聴くことはできなかった、ありがとうございます」

大義の手を取る高橋先生の目が少し潤んだ。

「年明けに必ず会いに行くからな」

「はい」

「来年のマーチングの編曲、お前に頼みたいんだよ」

「本当ですか」

「うん、だから話しに行く」

「はい、待ってます」

「こっちこそ、お前が戻ってくるのを待ってるんだよ」

「はい」

高橋先生は、いつものように大きな声で大義を励ました。大義は嬉しかった。マーチングの編曲を自分にやらせてくれるなんて。やってみたい。もう少し時間があれば。あと少しでいい。もう少し、時間が欲しい。

母は、終始泣いていた。愛来も泣いていた、いや、笑っていた。

定期演奏会が終わると、安心したように、大義の身体は急速に悪くなっていった。


年明け。1月3日。

大義の足をマッサージしている愛来の姿があった。

「ありがとう、愛来」

「マッサージすると、楽？」

「うん……でも、実は何も感じない」

「……そっか」

この頃、全身の痛みに耐えるための緩和治療で、大義は身体の感覚をすべて失っていた。もう、何も感じなかった。愛来が一瞬泣きそうになったのを大義は見て、言った。

「でもね、愛来にさすってもらえて、足は喜んでるよ」

大義は微笑む。愛来も笑った。

また明日来るね、と言いながら愛来は立ち上がった。手を振る大義に、愛来は一度背を向けて、そして立ち止まった。

「大義」

「ん？」

しばらくの沈黙。愛来はふっと笑った。

「なんでもない、また今度言う」

「言って」

大義は、ベッドから身を乗り出した。今、聞きたかった。彼女の言葉を聞かなければならない気がした。

「言って、今」

「……大義」

「今、言って。もう聞けなくなるかもしれないから」

みるみるうちに愛来の目が潤む。彼女がずっと我慢していた涙が一気に溢れだしそうになっていた。だが、やがて彼女は笑った。

「大義」

大義は愛来を見つめた。この笑顔も、この涙も、すべてを今、記憶しよう。絶対に忘れない。

「愛してる」

大義の目から、涙が一粒、流れ落ちた。

「愛してる」

大義はその日、母に愛来の連絡先を送った。この先、自分に意識がなくなっても大丈夫なように。


1月6日、高橋先生が病室に訪れた。

大義は「高橋先生に寝たままでは失礼だから」と言って車椅子に座った。ほとんど寝たきり状態で起き上がることすらままならなかったのに、この日だけは車椅子に座れた。

看護師たちは驚いたが、大義にとっては当たり前のことだった。

高橋先生に会うのだから。先生は、雲の上の人なのだから。

結局、長時間座っていることはできず、先生が訪れたときにはベッドにまた戻っていた。

「遅くなって悪かった」

「ありがとうございます」

高橋先生はしっかりと大義の手を握り、話し始めた。

「まずは、業務連絡だ。『千人の音楽祭』、リハーサルは順調だぞ」

「はい」

「お前が編曲した『瑠璃(るり)色の地球』、あれが大好評だよ」

「よかった……」

「今度、リハーサルの音源、持ってくるよ」

「はい」

大義は、昨年の夏、一度目の脳の手術を終えた頃、高橋先生から依頼されて、2017年の『千人の音楽祭』グランドフィナーレの編曲を手掛けていた。

大義が1年生の頃、もしかしたら第20回で終了するかもしれないと言われていた『千人の音楽祭』は、今も続いていた。もう24回目になる。

先生は、音楽祭の最も重要なセクションに、大義を抜擢(ばってき)した。大義は、術後間もない身体で、術後間もない身体で、その期待に応えた。

「覚えてるか。大義、高校時代に音楽祭を自分がやるって言ってたよな。俺はお前に、500人をまとめるなら自分のことをしっかりしろと言った。あの頃は、まさかお前にできるとは思っていなかったんだ」

「ですよね……」

「それが本当にやれてしまうとは、お前も大したもんだよ」

「いえ……先生がいたから……」

「お前が頑張ったんだ」

大義は、高橋先生の手をぐっと握った。

「先生」

「ん？」

「今年のマーチングの曲なんですけど、ブラームスはどうですか」

「そうか、レスピーギでいこうかと思ってたんだが」

「いや、ブラームスがいい。実は、構想はもう頭にあって」

大義は、ゆっくり、ゆっくりとした口調で、だがしっかりと先生に話した。先生も、真剣に考える。病院のベッドでも、二人の会話は市船の音楽準備室で話す内容と同じだった。二人は、構想を出し合い、話し合った。大義は、この構想なら勝てる、と力強く言った。先生は頼むぞ、と笑った。

大義は知らなかったのだが、その日の夜、高橋先生はユナに連絡をしていた。至急、赤ジャ30人に市船に集まるようにと。

翌日、音楽準備室に集まった、ほぼ全員の赤ジャたちに先生は告げた。

大義は、助からない。

全員が呆然とした。みんなどこか、のん気に構えていたのだ。入退院を繰り返す中で「大変だなあ」と思っていた。昨年の定演のときには、すっかり痩せた大義の姿に衝撃を受けた。それでも、まさか死んでしまうなんて、夢にも思わなかった。

「大義に手紙を送ろう」

ユナが立ち上がる。全員で音楽室に向かった。

設置したカメラの前で、笑えるまでに長い時間を要した。

やっといつものように笑えるようになったとき、ミハルがカメラのボタンを押した。普段通りの、笑い合う皆の姿が録画され始める。ヒロアキが、ピアノの前に座った。伴奏を始める。

高校のとき、みんなで一緒に歌った曲『手紙~拝啓　十五の君へ~』だ。

「今　負けそうで泣きそうで消えてしまいそうな僕は

誰の言葉を信じ歩けばいいの?」

ユナは歌いながら、頭の中で大義の笑顔を思い浮かべようとした。だけど、浮かんでくるのは定演のときの、消えてしまいそうな大義の姿だった。まるで皆にお別れを言うように手を振っていた大義。

「嫌だ、これでお別れなんて、許せない。許さないよ、大義」

録画を終えると、高橋先生はそっとヒロアキを呼んだ。

「みんな、大義のところに行くと言っているが、行かないほうがいいと思う」

「どうしてですか」

「あまりにも……辛い。とくに、女子には。大義も、見られたくないだろう」

「……そうなんですね……」

「だから代表してお前が行ってやれ。お前なら大丈夫だろう」

「はい」

その会話を、ユナは聞いていた。持ち前の意志の強い目で言う。

「私は行きます」

高橋先生は何か反論しようとしたが、しかし頷いた。

「じゃあ、頼む」


翌日、ヒロアキとユナが大義の病室へやってきた。ユナがいつものような明るい声で言う。

「来たよぉ！」

「ユナ、ヒロアキ。サンキュー！」

大義は、そう言おうとした。いつものように。

でも、もう声が出なかった。

すぐにでもベッドから飛び上がり、二人と笑い合いたい。でも、もう身体は動かなかった。

「みんなから手紙預かってきた」

ユナが、前日に録画した皆の歌の動画を再生して見せた。みんなからのビデオレター。

何曲か合唱した映像が病室に流れ、懐かしい歌声がこだました。大義は目を閉じた。自分もみんなと一緒に音楽室にいて、一緒に歌っているような気持ちになれた。

大義は拍手した。

二人と話したい。もっと、もっとたくさん。今、二人はどんな活動をしている？　ヒロアキはどんな曲を作っているのだろうか、ユナは勉強に忙しいというけど、欠かさずサックスを吹いていると愛来から聞いている。相変わらずバイタリティがある。市船の卒業生を集めてコンサートを開催するつもりらしい。ユナ、その話を聞かせてほしい。どんな演目をやる？　自分にも手伝えることがあるかな。

何も、言葉にならなかった。

大義の気持ちとは裏腹に、身体は鉛のように重く、瞼が落ちて視界を遮る。

ユナとヒロアキが、そっと病室を出るのが分かった。そうか、二人は俺が眠ったと思ったのか。まだまだ話したかった、もっと、一緒にいたかった。


1月12日。

この日だけは、愛来は病室に行くことができなかった。ただでさえ休みまくっていた授業で、単位はギリギリ。この日の授業に出なければ留年してしまうかもしれない。止むを得ず

18時まで授業に出ていた。

前日から、大義は昏睡状態に入っていた。いつ、どうなってもおかしくない。

もしかしたら、今日かもしれない。

母は、父と千鶴を病室へ呼んだ。大義の傍にみんなで座り、思い出話を始めた。

小さい頃のこと、おじいちゃんが撮った写真、家族旅行、千鶴との大喧嘩……。

「大義、小学生の頃、楽器屋さんで指揮棒を欲しがったよね」

「そうそう、買ってもらったのはいいけど家中で振り回してお父さんに怒られてた、振り回すな！　って」

「危ないからなあ」

「でも、指揮棒は振るものなのにって……あれは笑ったよね」

「そういえば、大義、UFOキャッチャー得意だったよね」

「うん、よく取ってきてくれた」

「千鶴が懸賞で欲しかったぬいぐるみが外れちゃったとき……」

「お兄ちゃんが取ってきてやるって言って本当に取ってきてくれたんだった」

「白いモンチッチみたいなの」

「べつに白いモンチッチは欲しくなかったのに。でも嬉しかったよ」

病室は、家族の笑い声に包まれていた。

大義は、静かに家族の話を聞いていた。

「そうだ、覚えてる？　私が前に、ソフトの試合に負けたときに大義がさ、『悔しがるとか後悔とかより先に、試合ができるってことに感謝を忘れるなよ』って言ってくれたじゃない。私、それもそうだなって思って、自分のグローブに書いておいたんだ。忘れないように。『感謝』って……」

そう言った千鶴に、大義は頷いた。

うん、その通り。いつも感謝を忘れるな。

そして、静かに呼吸を止めた。


『愛来ちゃん、ごめんなさい』

大義の母からのＬＩＮＥメッセージ。

たった一言だったけれど、それだけで愛来はすべてを理解した。

大学からの帰り道だった。今からでも病院に走って行こうと思っていた矢先だった。

「おつかれ、大義」

見上げた空に、満月が輝いていた。

◆

２０１７年、１月20日。

昼過ぎに寝台車が浅野家に到着した。

なんとか、喪服を着ることができた。この1週間は、私がしっかりと立って式場へ行けるようになるまでの貴重な時間だったように思う。

迎えに来た木村さんに頭を下げた。木村さんも深々と頭を下げた。

大義の棺が家族の手に支えられて家を出る。

「よろしくお願いします」

「はい、式場でお待ちしております」

木村さんは助手席に乗り込み、車には義父と夫が付き添った。木村さんは、式場の前に市船へ行ってくれと運転手へ指示した。

前日に交わした高橋先生との約束があったからだという。

これは夫から後で聞いた話だ。

市船の校庭に入ってきた寝台車は、校庭をゆっくりと一周した。

金曜日の午後だったからか、学校は授業中で、校庭は誰も使っていなかった。

「あ」

外を眺めていた義父が大きな声を出した。

職員室のベランダから、横断幕がかかっている。

一目見て高橋先生の筆跡と分かる、堂々とした毛筆でこう書かれていた。


『浅野大義君　市船ｓｏｕｌは永遠だ。　船橋市立船橋高等学校』


校舎前に、数人の先生方が立っていた。その中に、高橋先生の姿もあった。

木村さんは車を止め、義父と夫は車を降り、先生方に頭を下げた。木村さんは横断幕を引き取り、式場に飾ることを提案してくれたという。

先生方に見送られ、大義を乗せた車はゆっくりと、市船を出ていった。

# 第六章

# 告別式

## 母・桂子／２０１7年1月21日

「大義くんのお母さんでいらっしゃいますか」

声をかけられて私は「はい」とお辞儀をしたが、まったく見覚えのない顔だった。眼鏡をかけた中年の男性が深々と頭を下げた。

「わたくし、松本第一高校吹奏楽部の顧問をしております、野村と申します」

「はい……」

「大義くんには、本当にお世話になりました」

私はまだ分からず、曖昧に返事をしてしまった。


通夜が始まってから何度もこうしてよく知らない人から「大義くんにお世話になった」と頭を下げられた。

息子がそんなにいろんな人に対して「お世話をしていた」などとは考えられない。しかし、その挨拶は途絶えることがなかった。

さらに驚いたのは、弔問に訪れる人の数だった。二階にある式場からロビーへと列は続き、螺旋階段を降りて一階のエントランスへ。さらに続いてエントランスを出て歩道にまで続き、最寄の三咲駅前まで列がつながった。通りすがりの人が「今日は誰か芸能人の葬儀？」と聞いた。聞かれた義父は「わたしの孫だよ」と胸を張って答えたという。木村さんによると、その数は700名以上だったという。

私は、ただただ驚き、圧倒されていた。

こんなに多くの人と、大義は関わりがあったのか。

そして、その誰もが「大義くんのおかげで」「大義に助けてもらった」「彼には恩がある」と言う。大義が生前、いろんな中学や高校に楽器を教えに行っていたこと、さまざまな人々に楽曲を提供していたこと、編曲を手伝っていたことなどを初めて知った。

「大義先輩がいたから生きてこれました、本当です」

大義の後輩と名乗る女性は、泣きじゃくりながらそう礼を言った。彼女は市船の吹部時代、パニック障害に悩み、音楽をやりたいという希望と大勢の前に出られないというジレンマとに苦しんでいた。そんな彼女の心の支えが大義だったというのだ。大義は、彼女がパニックを起こして倒れてしまうたびに、背中におぶって移動してやっていたという。

木村さんの提案で式場に設置された寄せ書きにも長い列ができていた。大義の似顔絵の周りにメッセージがびっしりと書き込まれていく。

「大義、大・大・大好きだよ」

そんなメッセージがたくさん書いてある。私は、息子が自分が考えている以上に豊かな時間を生きたのだと感じた。知らないところで、いつの間にか大人になっていたのだ、と。

「大義くんは……私たちの恩人なんです」

目に涙をためてそう言った野村先生は、焼香を終えると式場のロビーに出て、高橋先生の書いた横断幕をじっと見つめていた。

そして静かに話し始めた。

大義と松本第一高校吹奏楽部との出会いは、今から4年前。市船と松本第一高校の合同合宿だった。大義の人なつっこい笑顔や、トロンボーンを吹くときのまっすぐな眼差しに、野村先生は好感を持っていたという。市船からYOSAKOIも教えてもらい、大義が大旗を振る姿は松本の生徒たちにも印象深く残った。

2014年の夏、松本第一高校吹部では問題が起こっていた。

文化祭での演奏、地域の敬老会の演奏会、そして後には夜祭でのYOSAKOI披露と、一日に3つもの大きな行事が重なってしまったのだ。前代未聞のトリプルヘッダーへの挑戦。

本番が近づくと疲労もピークに達し、部のモチベーションは下降の一途をたどった。このままでは3つの本番どれにも失敗してしまう。部員たちに不安が広がっていた。

その話を聞いた大義は、すぐに松本に駆けつけると言った。

「YOSAKOIの旗振りのアドバイスに」と言って。

文化祭前日の夕方、高速バスで松本に着いた大義はすぐさまリハーサルに直行。大義の旗振りで、YOSAKOIが始まった。

大義が旗を持ち上げた瞬間。

ブワ！

「あのとき、空気が変わったんです」

野村先生は懐かしそうに言った。

部員たちは、その旗がなびくのを見た瞬間、目の輝きを取り戻した。疲労しきった身体が、大義の振る旗に背中を押されて、大きく躍動し始めていた。

「大義くんは、楽しそうでした。完全に大旗と一体化し、空を飛んでいるようにも見えました」

それから、部に活気が戻ってきた、と野村先生は言う。

「『もうダメ』『なんでこんなことやらなきゃいけないの』と、苦しみのあまり不満だらけだった部員たちは大義くんの旗を見て思い出したんだと思います。演奏も、YOSAKOIの舞もすべて、心から楽しむものだということを。リハーサルが終わると大義くんは再びバスに乗り込み、千葉へと帰っていきました。滞在時間はわずか2時間です」

翌日の本番は、3つの本番を不屈の精神ですべてやりきった。

彼らの心には、前日に大義の大旗が振り続けられていた。「楽しめ!」と、大義の大旗が叫んでいるようだった。

私はすっかり驚いていた。

知らなかった。それ、本当に大義なんですか? と聞きたくなるほどだ。

野村先生は言う。

「もし、あのとき大義くんが来てくれなかったら、私たちは、失敗していたかもしれません。そして、やっぱりダメなんだと、自分を信用することができなくなっていたかもしれない。でも大義くんがあのとき、大旗を振ってみんなに勇気を送ってくれた。やればできると。そのおかげで、彼らは救われました。自分を信じぬくことができた。それは、彼らの大事な財産です。だから、大義くんは僕らの恩人なんです」

「お役に立てたのでしたら嬉しいです」

野村先生は、私に向き合うと、力強く言った。

「旗を振る大義くんは、本当にかっこよかったですよ。美しかった。若さとエネルギーに溢れていました。……だから…信じられません……」

野村先生は、再び目頭を押さえた。


大義は、きれいな顔をしていた。

祭壇には、木村さんのアイデアで、音符に象（かたど）られた白と青の花々が美しく咲いている。棺の隣にはロナウドを飾ってもらった。

大義の棺には、市船吹部のオリジナルタオルと、まっさらな五線譜、ペンを入れた。タオルは、ユナたちの代のタオルとして大義がデザインしたものだ。『市船吹奏楽部』という大義の毛筆がプリントされている。五線譜とペンは、家を出る前に入れた。これからも作曲を続けられるように。

午後9時。

弔問客も落ち着き、式場は人もまばらになっていた。

私たち家族は式場で一夜を明かす。木村さんは、明日の告別式の演奏会のために、何度もスタッフさんたちと打ち合わせをしているようだった。

私はひどく疲れていたが、まったく眠くはなかった。帰っていく弔問客に頭を下げながら、式場の奥にポツンと座る人影を見つけた。

祭壇の前。大義の棺の目の前に、ぼんやりと座っている。ひと目でユースケくんだと分かった。

「ユースケくん」

声をかけると、彼ははっと私を振り返り、頭を下げた。

大義が弟のように可愛がっていた、ユースケくん。私はユースケくんと並んで座った。

「大義が亡くなって、最初に会いに来てくれたのはユースケくんだったね」

私は言った。ユースケくんは頷く。

「すいませんでした、歌……」

「え？」

「いい歌、歌えなくて」

「あ」

私はそこで思い出した。1月13日。大義が亡くなった翌日、ユースケくんが大義に会いに来てくれて、そして歌を歌ってくれたのだ。

「どうして？　素晴らしい歌声だったわよ」

「いや、でもあの歌は……」

ユースケくんは口ごもった。

「あの歌が何？」

私がたたみかけるように聞くと、ユースケくんはあの日のことを語ってくれた。

ユースケ／2017年1月13日

『亡くなった』と高橋先生から連絡を受けたとき、ユースケはズン、と心に何かがのしかかったような感覚に襲われた。だが意外と冷静でもあった。すぐに大義の母に連絡を取った。

『今夜、会いに行ってもいいですか』

病院から祖父の家に戻ってきた大義は、ただ静かに眠っているだけで、病気で苦しんだことなど何も感じさせないほどに穏やかな顔をしていた。と同時に、そこに横たわっている人間が大義であるとも信じられなかった。からっぽの殻。ユースケは殻に向かって語りかけた。

「大義先輩」

返事があるはずもない。家には大義の家族や親戚が集まり、誰かが廊下を絶えず行ったり来たりしている。

向かい合って座った大義の母が「ユースケくんが最初に来てくれて、大義はきっと喜んでる」と泣きながら笑った。

「何か歌って」

そうふいに言われて、ユースケは少し慌てた。こういうときにふさわしい曲を知らない。本当なら追悼歌などを歌うべきなんじゃないだろうか。だが、そんなレパートリーはない。でも、自分が歌うことで、泣いている家族の顔を明るくすることができるなら……。

ユースケは立ち上がった。

大きく息を吸い込むと、授業で練習していたモーツァルトの歌劇『ドン・ジョバンニ』のセレナーデ『Deh, vieni alla finestra（窓辺においで）』を歌い始めた。

「Deh, vieni alla finestra, o mio tesoro,
Deh, vieni a consolar il pianto mio.
Se neghi a me di dar qualche ristoro,
Davanti agli occhi tuoi morir vogl'io!」

「さあ　窓辺においで　私の宝物

さあ　私の涙を慰めにおいで
もしも　私に安らぎを与えてくれないのなら
お前の目の前で　死んでしまおう」

歌いながらユースケは、そういえばこれは女性を口説く歌だ、と思った。なんでよりによってこんな歌を歌ってしまったんだ自分は、と内心後悔しながらも、もはや止めることはできない。

一生懸命、心を込めて歌った。

歌が終わると、家族がみんな大拍手をしてくれた。笑ってくれた。その笑顔を見て、ユースケは心底安心した。今思えば、セレナーデは、ロマンチストだった大義にはぴったりだったかもしれない。

ユースケは今、大義と向かい合って別れを告げようとしていた。明日の告別式は演奏があるから、ゆっくり別れができない。何か、最後の挨拶をしなければと思った。心の内で、大義に何か話をしようと思った。

何も言葉が浮かんでこなかった。

無だった。

からっぽの殻に話しかけたところで、どうなるものでもないと思った。大義はきっともうここにはいない。ずっと病室から動けなくて、行きたいところにも行けなかったから、今頃、すっかり軽くなった心ひとつで、いろんな場所へ出かけているのだろう。そう思った。


「明日の演奏、頑張ります」

ユースケくんは話し終えると立ち上がってそう言った。

「ありがとう」

私は、心を込めて礼を言った。


2017年1月21日。

晴れ男の大義らしい、雲一つない晴天が広がっていた。

午前11時、葬儀が始まった。

総勢164人のブラスバンドのメンバーは、弔問客の列には加わらず、控室で楽器を構え、じっと待っていた。

皆、仕事も学校も用事も、大義のために都合をつけて今日ここに集まってくれた。美容師になっていたミノリさんは、2時間近くかけて店長を説得して休みをもらったという。

「大義はただの友達ではないんです。家族と同じくらい大事な人なんです」

ヒロアキくんも、ミハルさんも、マユさんも、みんなが大義のために時間を割いてくれた。

「大義は、人のために喜んで時間を使える人だったから。そのお返しです」

今朝、ユナさんは笑顔でそう言ってくれた。

メンバーの中に、サックスを持った愛来さんの姿もある。「大丈夫？」と聞くと、いつものあの明るい笑顔で「大丈夫です」と返ってきた。

大義が大好きだった、あの笑顔で。

午前11時50分、葬儀が終わった。

木村さんは、スタッフ総出で椅子を撤去し、他の弔問客をロビーへと誘導した。そのとき、一斉に式場に吹奏楽の音が響き渡った。控室でユナさんたちが音出しを始めたのだろう。何も知らなかった弔問客が驚いて控室のあたりを見つめる。音出しを終えると、ユナさんを先頭に市船生たちは粛々と式場へ入ってきた。

混乱することもなく、事前に打ち合わせた通りの配置へとそれぞれがつく。無駄口を叩くものは誰もいなかった。

吹奏楽部、１６４人。

高橋先生が高台に乗った。指揮棒を上げる。

その瞬間、先生と目が合った。

先生が、泣きそうだ。

その先生を見たとたん、私の胸のうちのこらえていたものが一気に噴き出ていきそうだった。大義！　心で叫ぶ。

先生が指揮棒を振った。

最初の音が静かに流れ始めた。市船生なら一度は演奏したことのある、思い出深い曲を選んでくれたという。

先生の指揮も、皆の音もしっかりとしていた。頬を伝って流れてくる涙を拭う暇もなく、皆は吹き続けてくれた。ロビーにいた溢れんばかりの弔問客も、じっと静かに耳をすましていた。

１６４人の集中力は、途切れることがなかった。

合唱が始まる。親族による献花。私は、夫と千鶴と共に大義の棺へ近づいた。今まで気丈にふるまってきた千鶴が、たまらず泣き崩れた。大義の棺にすがり、大声で泣いている。

そんな私たち家族を、市船の歌声が優しく包んでくれた。

『夜明け』。卒業や別れのときに必ず歌った曲だ。大義が大好きな曲だった。

「あなたに会えて自分が見えた
いつもあなたが包んでくれた　その大きな心で
前が見えなくなったとき　あなたが希望をくれた
逃げ出したくなったとき　あなたが勇気をくれた
あなたがくれたこの翼
夜明けの光を浴びて　未来に向かって羽ばたくから
これからもずっと　見守っていって」

この曲を歌うとき、誰よりも大きな声を出していたという大義。だが今日は、歌っても歌っても、大義の声は聞こえてこなかった。

夫と私、千鶴と義父、義母。そして愛来さんと高橋先生の手で、大義の棺の蓋が閉められた。

皆の歌声はしっかりとしていた。どれほど涙が頬を伝っても、歌うことをやめる人はいなかった。大義のために、最後の一音まで丁寧に、歌い続けてくれた。ありがとう、私は心の中で皆に礼を言った。ありがとう。きっと、大義はみんなと一緒に歌っています、ここで、みんなと音楽の一部になっているはず。

出棺のときが来た。

私は、しっかりと大義の遺影を胸に抱いた。それは、市船に入ったばかりのコンサートで、会場のロビーで義父が撮った、あの一枚だった。

「一枚だけだから」

「でも集合……」

少し面倒くさそうな照れたような顔で義父のカメラに向かってVサインを作った、あのときの写真。左手にはトロンボーン。


「それでは元気に、大義を送りたいと思います」

高橋先生が言った。

そして、みんなを見渡した。

一斉に先生を見つめる目。トロンボーンパートの中に、あの笑顔がない。早く音楽を始めたくてウズウズしている、彼がいない。

――大義。

164人、それぞれの楽器を握る手に力がこもる。

「市船の応援曲、俺作ります！」

音楽準備室での、大義の笑顔を思い出したのだろうか。

先生はさらに大きな声を出した。

「大義が作った曲だ、いくぞー！」

タカタカタッタ、タカタカタッタ、タカタカタッタ、ドンドンドン！

ソシソシドシドレ、ファー、ソーレファソ、ファ、ミファミレー。

一斉に鳴るメロディ。トロンボーンの速いスライド。迫りくる躍動感。選手たちの背中を押し、神風を起こす、あの曲。

「大義！」

誰かが叫んだ。

「攻めろ、守れ、決めろ、市船！」の掛け声の代わりに、大義の名を叫ぶ。

「大義、大義、大義！」

その声に重なって全員が大義の名を呼んだ。

ソシソシドシドレ、ファー、ソーレファソ、ファ、ミファミレー。

その曲が、最後に大義自身の背中を押した。

大義の棺は、私たち家族に付き添われ、式場を出ていった。振り返ることなく、大義はみんなに別れを告げた。
みんなは、棺が見えなくなってもやめることなく吹き続けてくれた。
やがて、高橋先生が手を上げた。
『市船ｓｏｕｌ』は、半音上がったメジャーの和音で、華々しく終わりを告げた。

# 終章

# 20歳のソウル

母・桂子　２０１７年７月12日

## 母・桂子／2017年7月12日

甲子園をかけた千葉大会予選が始まった。

昨年、大義もロナウドを持って応援に駆けつけた。あのときは惜しくも決勝で敗れた。

今年こそは、市船に勝ってほしい。私は予選の第一試合の応援に出向いた。

もしかしたら、今年も『市船ｓｏｕｌ』が、演奏されるかもしれない。

実際に野球の応援スタンドで演奏されるのを、私は聴いたことがない。どんな風に演奏されるのか、一度聴いてみたいと思った。

それにきっと、大義も観戦に来ていることだろう。

7月12日早朝7時30分。ゼットエーボールパークにはもうすでにたくさんの関係者がやってきていた。市船の予選は第一試合。君津商業高校と対戦する。去年は決勝まで行ったチームでも、一試合でも負ければ夢は断たれる。一つ一つ、全力で駒を進めるのが夏の甲子園の醍醐味だ。

球場に入ると、抜けるような青空とグラウンドの広さが目に眩しかった。すでに市船の野球部員たちがウォーミングアップを始めている。

応援スタンドでも、野球部の応援団、チアリーディング部、保護者会、そして吹奏楽部が準備を始めていた。

私はスタンドの端に腰をかけた。大太鼓を叩くのは吹奏楽部ではなく野球部の応援団の一人だ。大義たちが作った赤ジャの代のオリジナルタオル『市立船橋吹奏楽部』を肩にかけた。このタオルを持っていると少し落ち着く。

8時45分。試合が始まった。

攻撃開始と共に始まる市船の応援。

市船の応援パフォーマンスの質の高さには定評がある。吹部で応援に来ているのは1〜2年生を中心としたメンバーだ。3年生はコンクール前だから、準決勝からの参加となるが、実際、野球部は3年生がメインで活躍するため、クラスメイトの応援に行きたい3年生も多く、そういった意味でも準決勝まで進んでほしいと願っているそうだ。

スタンドでの演奏はやはり解放感があるのか、みんな伸び伸びと演奏しているように感じた。チアリーディング部、野球部の応援団と息を合わせて頑張っている。

『銀河鉄道999』

『ひみつのアッコちゃん』

『サウスポー』

『ひょっこりひょうたん島』

野球応援の曲目は、昭和時代にヒットしたアニメや歌謡曲が主になっていて興味深い。市船には、大義の作った曲とは別に『市船カモン』という曲があり、これは教育学研究のために吹奏楽部を訪れていた東京大学大学院の学生さんが作ったものらしい。長調の明るいメロディで吹奏楽の音がよく鳴る楽しい曲だ。

思った以上に多い応援曲のレパートリーに私は感心していた。曲が違えばダンスの振り付けも違う。チアリーディング部も野球部も、もちろん吹奏楽部も数多いレパートリーを次々と変えながら選手たちの背中を押す。

2回の裏で市船は2点を先制した。そして3回の裏にも、さらに追加点のチャンスがやってきた。そのとき、野球部応援団が提示したプラカードは「ソウル」だった。

「ソウル――！」

吹奏楽部の部員たちが叫ぶ。

あの速いリズムのドラムが打ち鳴らされる。ドンドンドン、と力強く叩く大太鼓。スタンドから歓声が上がった。去年の準決勝、決勝で神風を吹かせたこの曲を、みんな覚えていてくれたのだと思った。私の胸はぐっと熱くなった。

大義。

聞こえる？

『市船ｓｏｕｌ』だよ。

次々とヒットが出た。ランナーが帰り得点が入る。スタンドの応援団たちは飛び上がって拍手を送った。その回、一気に3点を獲得した。攻撃が終わってなお、野球部の応援団たちは『市船ｓｏｕｌ』のメロディを口ずさんでいた。

ああ、そうか。

はっきりと分かった。

大義は、ここにいるのだ。このスタンドに、この音の中に、マウンドを走る選手たちが巻き起こす風の中に、大義がいる。

私はタオルを顔に押し当てた。

何ひとつ、失ってはいない。

大義は、生きている。

# おわりに

私が大義くんを知ったのは、2017年4月12日に朝日新聞に掲載された記事でした。大義くんが亡くなってから3か月後のことです。

その記事には、大義くんの告別式で母校である市船の卒業生たちが164人も集まって彼のために演奏したとありました。ご遺族の関係者の方が撮影したという告別式の動画には、こぼれ落ちる涙を拭いもせず楽器を吹き続けるブラスバンドの姿がありました。

こんなふうに大勢の仲間たちに音楽で見送られる20歳の青年は、いったいどんな人生を送ったのか。本に書くということはまだ全く考えておらず、ただ「知りたい」という一心で市船の高橋健一先生に連絡をとりました。

「大義は神様になったと思うんですよ」

初めてお会いした日、先生はそう何度も繰り返しました。大義が亡くなったことは悲しい、けれど、大義を思う度に心が温かくなるのだと。何か不安事があると「大義、頼む。助けてくれ！」と天に向かって手を合わせてしまうのだと言って笑っていました。悲しみは深く、いつまでも心の傷は消えない。だが、あれほど爽やかで清々しい告別式は経験したことがない、とさえ。

20歳の清々しい死。

私はますます大義くんに近づきたくなりました。それほど潔く逝った彼のことをもっと知りたいと。

高橋先生のご紹介で大義くんの母である桂子さんにお会いした時は、少し面食らいました。息子さんを失くされてまだ数か月。どんな風にお話をさせていただこうか、あれこれと考えて緊張してお家を訪ねたのですが、予想に反し、桂子さんは快く迎えてくださいました。

「大義はごく普通の男の子です、凄いのは市船の絆です」

と桂子さんは言いました。そして、大義くんは市船で3年間を過ごしたからこそ、豊かで充実した人生を送れたのだとも。桂子さんから聞く大義くんは、素直ながら少し甘えん坊でちょっとお喋り、しかし家族にも友人にもとても優しい青年でした。

3人目にお会いしたのは、大義くんの恋人だった愛来さんです。船橋駅前で待ち合わせをしてお会いした彼女は、可愛らしい面立ちの中に、19歳とは思えぬ大人の落ち着きを宿した女性でした。

「私、大義のことだったら、いつまででも話せます。もっとたくさん、聞いてほしいことがあるんです」

瞳を潤ませながらそう言ってくれた愛来さんの、思い出の中にいる大義くんは、飄々としていて、かっこつけで少し強引。でも溢れるくらいの愛情を注ぐ、恋する青年でした。

それから私は、市船の同級生たち、先輩、後輩、市船の保護者会の方々、松本第一高校の野村先生……と、次々にお会いし、大義くんを追いかけていきました。そして、２０１７年夏の甲子園千葉大会で、スタンドに鳴り響く『市船ｓｏｕｌ』を聴き、その音楽の中に大義くんの魂が生きていることを強く感じました。

彼は確かに、どこにでもいる、音楽好きな、普通の青年でした。

しかし、たった20年という短い時間を精一杯、生ききりました。

市船で高橋先生が教えた通り、「大事なことは自分がどうするかだ。一日一日を薄っぺらく生きるのか、分厚く生きるのか」と常に自分に問い、毎日の時間を大事に分厚く生きることを意識していたからではないかと思います。

大義くんの人となりについて質問を投げかけると、誰もから最初に出てくるのが「優しい」という答えでした。人のために時間を使うことをいとわず、誰かが困っていると、必ず傍に行って手を差し伸べることができる青年だったと。困っている人を助けることを、自分が心底楽しめるような心根の持ち主だったというのです。

その彼の人生の集大成が、毎年大会で演奏される応援曲となって、私たちのもとに残った、そんな気がします。

たった20年の人生。

その死は悲しく、そして悔しい。

しかし、残したものは大きい。

もし、大義くんに出会っていなかったら、私自身の人生も、今とは違っていたように思います。40歳を前に「人生ってなんだろう」と漠然と止まってしまっていた私を、彼は後ろから駆けて来て、ポンッと背中を叩くように押してくれた気がするのです。

「精一杯、生ききればいいじゃん！」

と。


生前、一度も会ったことのない私が大義くんのことを書くことはとてもハードルが高いものでした。実際、お話を聞いても聞いてもイメージが湧かず、「本人に会いたい……！」と思ったことも何度もあります。しかし、桂子さんを始めとする大義くんのご家族、高橋先生、市船のみなさんの温かいご協力のお陰で、少しずつ書き進めることができました。

最終的にたどり着いた本書は、この1年間取材を続け伺った話をもとにしています。一般の方の人生とその交流を描いていることから、ご友人のお名前や、回想の時間、場所など事実と異なる箇所があることをご了承いただければ幸いです。

この本を書くにあたり、取材に快く応じてくださった大義くんのご家族と、関係者の皆様に、厚くお礼申し上げます。また、本を形にするためにご尽力くださった伊藤滋之さん、最初に大義くんとの出会いをくださった秋山純さんに、感謝を述べたいと思います。

大義くんと出会ってから、私はたくさんの人と出会いました。彼がくれた大きな縁は、今の私に活力をくれました。次は、この本をお手にとっていただいたみなさんと出会えることを本当に幸せに思います。

人生を精一杯生ききった大義くんは、亡くなった後もこうして人と人とを結びつけ、笑顔を送ってくれている気がします。願わくは、私もそんな人生を生ききりたい。

大義くん、ありがとう。

２０１８年８月吉日　中井由梨子

# 解　説

高橋健一

２０１７年４月27日。突然、私のFacebookに現れた女性。

「初めまして。突然のメッセージ失礼します。今月、朝日新聞社サイトで掲載された市立船橋高校吹奏楽部卒業生の浅野大義さんのニュースを見て深く感動いたしました。私は今都内でフリーの脚本家・演出家として活動しています。浅野君の生き様に、同じクリエイターとして感銘を受け、ぜひ本を書かせていただきたいと思いました。ですが、お心を痛めていらっしゃるご遺族の方に、見ず知らずの人間がいきなりお話を伺うのは良くないことと思いましたので、不躾な申し出ではございますが、すぐ近くで見守っておられた高橋先生にお話を伺えたらと、コンタクトを取らせていただいた次第です。Facebookを通じての申し出で大変申し訳ありません。御返事をいただけましたら幸いです」

　本来であったら一番に「脚本家・演出家として活動している中井由梨子と申します」と名乗るのであろうが彼女から送られて来た文章を見てわかるように〝中井〟の〝な〟の字もない。「いったいどなた？」と思いながらFacebookの上にYuriko Nakaiとあり「あー、なかいさんって言うんだ」と知った。その時、浅野大義君の生き様に何かを感じ居ても立ってもいられず一刻も早く気持ちを伝えたい一心だったのだろうと私は感じた。

「こんばんは。高橋健一です。お会いして、お話ししなければ何とも言えません。今日も〇〇テレビの〇〇番組のスタッフが来校されました。再現ドラマを作りたいとのこと。あまりの誠意の無さ、情熱の無さにがっかりし、まぁ視聴率稼ぎなのはわかっておりますが、丁重にお断り致しました。ですから、中井さんともお話をしてみないと何とも言えません。私としてはお話をすることには何の抵抗もありません。お互い、都合のつく日があれば市船までお越しいただければと思います」と返信させていただいた。

　2017年4月29日。Facebookでの出会いから2日後、中井さんが市立船橋高校に来られた。昨日のことのように思い出される。私は大きなコンサートを目前に控え学校にて合宿中であった。来校されたのは19時頃、結果終電でお帰りになられた。印象は、構えることのない真剣な眼差し、守るものがない捨て身の覚悟、自分が自分に闘いを挑んでいるように思えた。スポンジのような目と心は浅野大義君のことならばどんなことでも吸収してやろうという貪欲なエネルギーに溢れていた。大袈裟ではなく命懸けに感じた。赤の他人、しかも初対面でこれほどまでの真剣さに出会うことはそうそうあるものではない。私の人生の中でも数えるほどしかない出会いの一つであった。何をどう伝えたのかはっきり覚えてはいないが、その真剣な眼差しに応えようと私は無心に話していた。言葉のキャッチボールはどこまでも果てしなく続いた。尽きることがなかった。

お帰りになられた後、再びFacebookから「今日は合宿中というのに、長時間お邪魔させていただき、本当にありがとうございました！　先生のお話、とても興味深かったです。と同時に、先生が仰っていたように、大義くんのための演奏は、市船吹奏楽部にとっては、とても自然なことなんだと納得できました。裏を返せば、それが自然にできない学校がいかに多いかということですね。悲しいことですが。大義くんは、あのステージ（吹劇『ひこうき雲～生きる～』）を観て、最期まで生きるということを諦めずにいられたのかもしれません。ほんの少しの時間でも、勇気を受け取ったと思います。それこそ、今の自分を肯定できたのかもしれません。まだまだ沢山お話しさせていただきます。ご都合の良い時に伺います。よろしくお願いします」と送られて来た。

その後、中井さんは頻繁に本校を訪れるようになられた。

5月11日のFacebookでは「先生、今日も遅くまでありがとうございました。皆さんのリハーサル、拝見させていただき、感謝です。音色が、心臓に直接語りかけてくるような、心地よい体験でした。部員の皆さんのノートも、見せてくださってありがとうございます。『日常は分厚い』って書いてあり、胸に刺さりました。今日お邪魔して、さらに大義くんを表現したいと思いました。単純なエピソードの再現ではなく、彼が神様になったと先生が感じ、見ず知らずの私が温もりを感じること。それにいたるまでの彼の過ごした時間や仲間。それらを伝える最適な手段は何か。自分の中でまとめて、次回お持ちしたいと思います」と送られて来た。中井さんはいつの間にかお客様ではなく、私たちと同じ空気感の中にいる存在となっていた。5月10日には浅野大義君のご両親に中井さんをご紹介することを決めていた。5月26日、中井さんは大義君のお母様にお会いし、お線香をあげていらっしゃる。Facebookに現れてから1カ月後のことである。その圧倒的なパワーとエネルギーはどこから来るのであろうと当時は不思議に思ったものだが、ただただ浅野大義と向き合うことが中井由梨子という一人の人間を成り立たせているように当時の私は漠然と感じていた。そこには、当然のことながら嫌らしさなど微塵もない。そこにあるのは表現者としての中井由梨子さんの魂そのものであった。

その魂に突き動かされた中井さんの真骨頂が発揮されていく。生前浅野大義君を愛していた方々と次々に連絡を取り、実際に会われ、話を聞き続けた。それは何度も繰り返された。浅野大義君が生まれ育った船橋はもちろんのこと、時には長野へ、時には札幌まで行かれた。そして、会ったこともない、絶対に会えることのない浅野大義君をこの世に連れ戻して来た。

浅野大義君は目立ちたがり屋のくせにすかしたかっこつけだった。そこが私からすると愛くるしいものだった。音楽が好きで寝ても覚めても音楽のことを考えている高校生だった。争いごとが嫌いで人たらしであった。大学は作曲科に進み将来は市船吹奏楽部の為に曲を書き続けることが夢だった。中学生から始めたというトロンボーンの音色は忘れられない。明るく太く輝かしい倍音が鳴り響く柔らかでストレートな音であった。その音は彼そのものであった。高校3年のコンクールの時に大義のトロンボーンは大輪の花を咲かせた。それは気持ちがスカッとする見事なものであった。常に相手の心に寄り添う大義君。癌とわかり治療が始まった時の彼の精神力の強靭さには驚かされた。抗がん剤の治療で苦しい中においても自分のことより相手の心に寄り添っていた。私はその大義君の心遣いに何度も何度も救われた。大義君は亡くなる約2週間前の年末、現役生の定期演奏会を聴きに来ていた。仲間に支えられながら車椅子に乗り、3時間もの演奏会を最初から最後まで観切った。その演奏会の翌日、大義からＬＩＮＥが届いている。

「おはようございます！　昨日は左顔面に麻痺が出ていて、左耳はほぼ聴こえず、左目も開かない状態でした。ほぼ自力では歩けず車椅子無しでは動けない状態でした。あれだけ素晴らしい定期演奏会でない限り、約三時間ホールで座り続けるのは不可能だったと思います。本当に素敵な演奏会をありがとうございました!!」そして亡くなる直前の年が明けた時のＬＩＮＥ「おはようございます。寝た切り全介助ですが、体調大きな問題はありません！」

そんなはずはない。相当辛く苦しかったはずだ。死への恐怖に怯えていたはずだ。まだ二十歳である。

どこまで優しい人なのであろう。

そんな浅野大義君が亡くなられてから４年の月日が経つ。変わらず陽は昇り、陽は沈み、分厚い日常は淡々と過ぎていく。死が生の延長線上の出来事であることを日々考えさせられる。と同時に自分自身、死んだ時に大義のようにこんなにも多くの人達から愛を贈られるのだろうかと、ふと立ち止まって考える。浅野大義君の生き方は「人の為が自分自身の為」というものであった。だから告別式の時、私たちはこんなにも悲しく、しかしこんなにも温かな気持ちになることができた。死んでまでも人を幸福にさせる浅野大義という人間の底知れぬ奥深さを感じずにはいられない。人間の優しさを感じずにはいられない。

彼の告別式が終わった夜、何人もの卒業生がメールで気持ちを伝えてくれた。浅野大義君の人となりがわかる。

彼と同級生だった河上優奈さんのメールが印象深い。

「正直、今日の記憶の途中が薄れています。〝夜明け〟を歌った記憶がありません。何だかまたすぐにでも大義に会えるような気がしています。LINEの電話マークを、また押してしまいそうです。

大義との思い出、本当に沢山あります。大義と初めて出会ったのは高校1年生の春、1年F組、同じクラスでした。大義が最初に言った言葉『優奈、俺に似ているよね』意味は置いといて、今でも覚えています。席が前後になってからは、もっと仲良くなって色々な話をするようになりました。部活、音楽、恋愛、将来のこと……どれも楽しかった。

市船時代の大義のトロンボーンの音、柔らかくて大義そのものでしたね。3年間、共に切磋琢磨して成長して来た日々は大切な大切な宝物です。卒業してからも電話したり、LINEしたり。真剣な話から、くだらない話までたくさんして。そんな大義は誰よりも周りの人のことを思いやる人でした。毎年私の誕生日に連絡をくれてお祝いをしてくれました。自分がどんなに辛い時でも相手を気遣うことのできる人でした。自分よりも相手。いつも大義の相談を受ける時に思っていました。辛いのは自分のはずなのに、相手のことを一番に気遣って想える人。

本当にかっこいい。

去年の12月、大義に年末お見舞いに行きたいと話をすると、30日なら、という話をされていたのに私の予定が合わず会いに行けませんでした。年明け『あけましておめでとう』というＬＩＮＥをしてから大義との連絡が途絶えました。どうしたんだろう、大義、と思っていた矢先です。

1月4日、先生からの電話。大義はもう長くない、と話されていました。頭が真っ白になりました。信じられなかった。信じたくなかった。それから眠れない日が続きました。1月6日、高橋先生がお見舞いに行って大義の様子を伝えてくださいましたね。定演の時の大義とは全然違う、ひと回りも小さくなっていたと。できることは今すぐにやるべきと、あの時先生がお声をかけてくださらなかったら……そう思うと本当に、本当に感謝の気持ちでいっぱいです。ありがとうございます。

1月7日、私たち赤ジャで集まりました。先生からの『大義はもう長くはない』というお話。みんな受け入れられませんでした。それでも残されたわずかな時間、自分たちにできることをしようと、現役の頃の挨拶、気合い、発声練習、合唱、みんなからの一言、まるで高校生の時に戻ったようでした。全部動画に残しました。決して〝頑張れ〟とは言わない私たちからの、私たちなりのメッセージ。私はその次の日、耐えきれず大義に会いに行きました。大義は渡された動画を、手を叩いて笑って喜んでくれました。『大義、また来るからね』その日最後に大義に言った言葉です。大義、大きくグーを作っていました。

その4日後、先生から連絡がありました。『大義が亡くなった』目を疑いました。何度、何度読み返しても同じでした。涙が溢れて止まらなかった。大学構内でただ一人、大義のことで頭がいっぱいで辛くて、悔しくて、悲しくて、どうしようもできない気持ちでいっぱいで何も言えなかった。でも一番辛かったのは大義。大義の姿に救われた人は何人も何十人もいます。〜　告別式。大義の大好きな市船の演奏で、大義のことを最高の形で送り出すことができて本当に良かったです。大義、喜んでくれたかな。みんなの気持ち、届いたかな。

式場全体に響く音すべてが大義への愛で溢れていたよ。大義、幸せ者だね」

告別式の日。仲間164人から紡ぎ出される大義へ贈る音楽は魂を浄化させるものだった。一つ一つの音に表出されているものは〝悲しみ〟ではなく〝感謝〟と〝願い〟に溢れるものだった。それは奇跡の音ではなく、私たち市船吹奏楽部にとっては必然の音であった。音は天高く昇って行った。

人間は二度死ぬという。

しかし大義は二度目の死を経験することはない。この中井さんが書かれた本と共に、彼が作曲した〝市船ｓｏｕｌ〟と共に生き続けていく。

――市立船橋高校吹奏楽部顧問

JASRAC 出 2102921-208
Nextone 出 PB000051271

この作品は二〇一八年八月小学館より刊行されたものから、副題「奇跡の告別式、一日だけのブラスバンド」をとったものです。

# 幻冬舎文庫

●好評既刊
## はじめましてを、もう一度。
喜多喜久

「私と付き合わないと、ずばり、死んじゃう」。彼女は、天使のような笑顔で言った。出会った瞬間に永遠の別れが決まっていたとしたら——？〝予知夢〟で繋がった二人の、泣けるラブ・ミステリー。

●好評既刊
## 銀河食堂の夜
さだまさし

ひとり静かに逝った老女は、愛した人を待ち続けた昭和の大スターだった(「初恋心中」)。……謎めいたマスターが旨い酒と肴を出す飲み屋を舞台に繰り広げられる、不思議で切ない物語。

●好評既刊
## 奈落の底で、君と見た虹
柴山ナギ

蓮が働く最底辺のネットカフェにやってきた、場違いな美少女・美憂。彼女の父親は余命三カ月。父親の過去を辿ると、美憂の出生や母の秘密が徐々に明らかになり——。号泣必至の青春小説。

●好評既刊
## 麦本三歩の好きなもの 第一集
住野よる

麦本三歩には好きなものがたくさんある。仕事で怒られてもチーズ蒸しパンで元気になって、お気に入りの音楽で休日を満喫。何も起こらないけどなんだか幸せな日々を描いた心温まる連作短篇集。

●好評既刊
## 猫だからね
そにしけんじ

「猫作家」「猫悟空」「猫先生」「猫ドクター」「猫シェフ」。……自由気ままに振る舞う個性豊かな猫たちに、振り回されちゃう人間たち。でも、いいんです。だって、猫だからね。

# 20歳（はたち）のソウル

中井由梨子（なかいゆりこ）

令和3年5月25日　初版発行
令和4年4月30日　8版発行

発行人――石原正康
編集人――高部真人
発行所――株式会社幻冬舎
〒151-0051東京都渋谷区千駄ヶ谷4-9-7
電話　03(5411)6222(営業)
　　　03(5411)6211(編集)
振替00120-8-767643
印刷・製本―株式会社 光邦
装丁者――高橋雅之



幻冬舎文庫

ISBN978-4-344-43086-0　C0193　な-48-1

幻冬舎ホームページアドレス　https://www.gentosha.co.jp/
この本に関するご意見・ご感想をメールでお寄せいただく場合は、
comment@gentosha.co.jpまで。